Arena-Taschenbuch
Band 50552

Weitere Titel von Jakob M. Leonhardt im Arena-Programm:

In der Faulheit liegt die Kraft – Geniale Chaoten fallen nicht vom Himmel
Erst der Spaß, dann das Vergnügen – Geniale Chaoten bringt nichts auf die Palme
Knapp vorbei ist auch daneben – Ein genialer Chaot packt aus
Stille Nacht, alles kracht – Ein genialer Chaot überlebt Weihnachten

Kings of Chaos (1) – Zahm wie Schulhofhaie
Kings of Chaos (2) – Fit wie ein Faultier
Kings of Chaos (3) – Bleib locker, Stinktier!

Jakob Musashi Leonhardt,
geboren 1975, ist ein Weltenbummler und in Tokio genauso zu Hause wie in Hamburg. Er hat einige Romane für junge Leser veröffentlicht und ist zudem als Musiker und Sounddesigner tätig. Zu seinen Leidenschaften zählt das Tauchen, japanischer Sencha-Tee sowie die Musik von *Coldplay*. Mehr zum Autor unter www.jakob-leonhardt.de.

Jakob Musashi Leonhardt

CHAOS IST DAS HALBE LEBEN

Ein verkanntes Genie auf der Überholspur

Mit Illustrationen
von Fréderic Bertrand

Arena

FSC
www.fsc.org
MIX
Papier aus verantwortungsvollen Quellen
FSC® C110508

8. Auflage als Arena-Taschenbuch 2020

Dieses Werk wurde vermittelt durch die Literarische Agentur Thomas Schlück GmbH, 30161 Hannover
Einband- und Innenillustrationen: Fréderic Bertrand
Covergestaltung: Frauke Schneider
Umschlagtypografie: knaus. büro für konzeptionelle und visuelle identitäten, Würzburg
Gesamtherstellung: Westermann Druck Zwickau GmbH
ISSN 0518-4002
ISBN 978-3-401-50552-7

www.arena-verlag.de
Mitreden unter forum.arena-verlag.de
www.jakob-leonhardt.de

1.

Ein neues Jahr ist wie ein unbenutztes Stück Klopapier: rein und zart und blütenweiß. Es kommt ganz auf dich an, was du daraus machst!

Es ist der 1. Januar. Ein Dienstag. Ich sitze mit meiner Familie beim Abendessen. Wir haben gute Laune und albern herum. Ganz nebenbei sprechen wir über die guten Vorsätze, die jeder von uns gefasst hat.

Mein Dad will mehr Sport machen. Meine Meinung: Sollte er auch, denn in letzter Zeit sieht er aus, als hätte er eine Bowlingkugel verschluckt.

Meine Mom will weniger Strafzettel für zu schnelles Fahren kassieren. Sollte sie auch, denn bei uns rufen schon die Leute von der *Formel 1* an, um sie als Fahrerin zu gewinnen.

Meine Schwester Jenni will weniger Fernsehen gucken. Gute Idee! Sie ist so fernsehsüchtig, dass sie sogar in der Schule auf die Werbeunterbrechung wartet.

Als Letzter bin ich an der Reihe. Auch ich habe mir eine ganze Menge vorgenommen. Ich will zum Beispiel endlich vernünftig werden und weniger Chaos anrichten! Schwör und Doppelschwör!

Gerade möchte ich meiner Familie von meinen unglaublich tollen Plänen erzählen, als wir plötzlich einen lauten Knall draußen auf der Straße hören.

Seltsam! Vielleicht eine verspätete Silvesterrakete?! Kurz darauf folgt ein weiterer Knall, diesmal sogar noch lauter.

Badaboom! Puffelwommpaffzong!

Hmm. Muss eine ziemlich fette Rakete sein. Oder ist im Nachbarsgarten ein Komet eingeschlagen? Oder hat Herr Koslowski von gegenüber mal wieder Schluckauf?!

Badaboom! Puffelwommpaffzong! Krawummdongelschepperzapperpeng!

Der Lärm ist jetzt so ohrenbetäubend, dass die Fensterscheiben klirren und die Lampe über unserem Esstisch hin- und herschwingt wie eine Urwaldliane! Schluck und Doppelschluck! Was ist da los?!

Badaboom! Puffelwommpaffzong! Krawummdongelschepperzapperpeng!

Rataklirrknattersplitterbrechdingelzack!

Keine Frage, der angekündigte Weltuntergang kommt doch noch!

Aber wenn ihr glaubt, meine Familie würde jetzt panisch aufspringen und sich unter dem Tisch verkriechen, liegt ihr deutlich daneben.

Sie ziehen auch keine Sturzhelme auf oder verlassen schreiend das Haus.

Stattdessen starren meine Mom, mein Dad und meine Schwester mich vorwurfsvoll an. Dann fragt Dad mit strenger Stimme »Was hast du wieder angestellt, Felix? Warum fliegt gerade die halbe Nachbarschaft in die Luft? Das warst doch du, oder etwa nicht?«

Spätestens jetzt weiß ich, was ich dieses Jahr machen werde. Ich lasse mir das Wort UNSCHULDIG auf die Stirn tätowieren.

Sofort will ich aufspringen und meinen Eltern so richtig die Meinung sagen. Ich war's nicht! Ich doch nicht! Bin ein Unschuldslamm!

Määääh und Doppelmääääh!

Tue ich dann aber doch nicht. Ich habe nämlich gerade ein voll krasses kellertiefes Übel-übel-Habs-mal-wieder-verkackt-Gefühl. Liegt daran, dass ich vielleicht doch schuld bin. Also daran, dass gerade die halbe Nachbarschaft in die Luft fliegt.

2.

Spulen wir die Zeit mal eben um ungefähr 24 Stunden zurück. Es ist Silvester, 18 Uhr. Ich hänge mit meinen besten Freunden, also Musti, Spike und Mike, im Haus von Spikes Eltern ab. Die sind nicht da und wir haben sturmfreie Bude. Bevor sie für eine Woche in Urlaub gefahren sind, haben sie Spike 300 Euro Verpflegungsgeld dagelassen.

Davon hat Spike am Vormittag eine Packung Schwarzbrot (1 Euro) und einen Riesenberg Feuerwerkskörper (299 Euro) gekauft.

Sprich, auf dem Tisch vor uns liegen so viele Raketen, Böller und Kracher, dass man damit vermutlich den Mond abschießen könnte.

Nur kurz zur Erinnerung. Ich bin zwar ein Chaot. Aber Spike ist ein Chaot zum Quadrat. Er ist ein Typ mit arschlangen Dreadlocks, der sich mit Anlauf und Kopfsprung in jedes Fettnäpfchen stürzt, das am Horizont auftaucht. Platsch und Doppelplatsch!

Musti bekommt angesichts der ganzen Feuerwerkskörper leuchtende Augen und erklärt: »Voll krass geil, Alter. Wir rocken Silvester. So rocketmäßig!«

Ich bin genauso elektrisiert: »Das

wird eine Raketen-Show, als hätte uns die NASA ihr gesamtes Equipment überlassen.«

Nur Mike, der als Einziger von uns an dieser seltsamen Krankheit namens *Vernunft* leidet, sagt: »Ich weiß nicht, Leute. Für die meisten dieser Dinger muss man 18 Jahre alt sein. Für uns sind die verboten.«

»Darum zünden wir die ja auch an. Um die Beweismittel zu vernichten«, erkläre ich ihm. Grins und Doppelgrins.

Spike lächelt seltsam vor sich hin. Dann schüttelt er den Kopf, wodurch seine Dreads hin- und herschaukeln wie die Schlabberohren von Jar Jar Binks. »Einfach anzünden ist viel zu langweilig. Ich habe einen besseren Plan. Wir schrauben das ganze Zeug hier auseinander und basteln den dicksten, fettesten Superböller aller Zeiten. Ihr wisst schon, Eintrag ins Guinnessbuch und so. Das wird nicht einfach nur Silvester. Das wird die funkensprühendste, lauteste Jahreswende, die die Stadt jemals erlebt hat.«

Nach einer kurzen Diskussion über abgetrennte Hände, die versehentliche Verschiebung der Erdachse und das Jugendstrafmaß für Pyromanie machen wir uns an die Arbeit. Die Wohnung verwandelt sich in ein Chemielabor. Oder besser gesagt in eine Waffenfabrik.

Um kurz nach neun ist er schließlich fertig. Der größte Silvesterböller, den die Welt je gesehen hat. Weil wir aber nicht lebens-

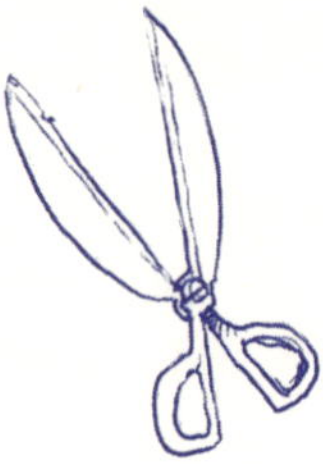

müde sind, haben wir auch gleich die längste Zündschnur der Welt gebaut.

Wir also raus und rüber auf dieses Baustellengrundstück am Ende der Straße – ungefähr in der Mitte zwischen Spikes Elternhaus und meinem. Dort bringen wir den Böller in Stellung. Um Punkt Mitternacht zünden wir die Lunte und verkriechen uns in einem Bunker, den wir sicherheitshalber auch gebaut haben.

Was passiert? Nichts! Offenbar war unser Böller eine Fehlkonstruktion …

… dachte ich jedenfalls. Bis heute Abend. Jetzt ist mir klar, dass die Zündschnur noch viel länger war, als ich dachte. Hat über zwölf Stunden gedauert, bis es so weit war.

Badaboom! Puffelwommpaffzong! Krawummdongelschepperzapperpeng! Rataklirrknattersplitterbrechdingelzack! Polterratterzingelblitzspritzpaffkrawumms!

3.

Glück kann ganz verschieden aussehen. Zum Beispiel so:

Du hast dein ganzes Monats-Taschengeld schon nach einem Tag verprasst und findest unverhofft einen Hunderteuroschein auf der Straße.

Du musst eine Lateinarbeit schreiben, aber dein Lehrer wird frühmorgens beim Joggen von zwei entlaufenen Pitbulls angegriffen und traut sich danach nicht mehr aus dem Haus.

Du bist unsterblich in ein Mädchen verliebt und es gelingt dir, in ihrer Gegenwart nicht die üblichen Stammellaute von dir zu geben, sondern kluge, charmante, romantische Sätze.

Ist alles super. Aber ein noch viel größeres Glück ist es, wenn du dachtest, dass du aus Versehen ein Haus in die Luft gejagt hast – wofür dich deine Eltern enterbt, gesteinigt, neu frisiert und mit hundert Jahren Stubenarrest bestraft hätten.

Aber dann stellt sich heraus, dass du gar nichts mit der Sache zu tun hast. Weil die Feuerwehr deinen Eltern erklärt, dass eine defekte Gasleitung schuld an der Explosion ist. Zum Glück ist aber niemand zu Schaden gekommen.

Jubel und Doppeljubel. Das Jahr fängt doch gut an. Und ich kann meinen Plan umsetzen und endlich vernünftig und unchaotisch werden!

4.

Ein paar Tage später fängt die Schule wieder an. Wir haben einen neuen Mitschüler in der Klasse. Er heißt Jun Yakitori und kommt aus Japan.

Eigentlich dachte ich, Japaner essen Reis, lachen nie, bauen coole Autos und programmieren die besten Computerspiele der Welt. Und ansonsten sind sie irgendwie ... langweilig.

Tja, aber dann steht dieser Yakitori-Dude nach der Schule auf dem Schulhof neben mir, grinst wie ein Ober-Yakuza und sagt: »Hey, ich hab's flüstern hören, dass ihr beide ninjamäßig aktiv seid. Habt ihr Lust auf ein Abenteuer?«

Musti, der auch dabei ist, verschluckt sich fast an der Zehnerpackung Snickers, die er gerade in Arbeit hat. Mit karamellverklebten Zähnen sagt er: »Hassu recht. Sind wir Ninja. Logisch sind wir dabei!«

»Wollen wir nicht erst mal hören, worum es eigentlich geht?«, frage ich.

»Wissen wir schon. Ist Ninja-Abenteuer«, erklärt Musti.

»Exakt. Und damit ist doch alles gesagt«, sagt Jun.

Ich zucke mit den Schultern. »Also gut, einverstanden.«

Jun Yakitori nickt zufrieden. »Wir treffen uns heute Abend um acht Uhr. Es wird eine hammermäßige Ninja-Chaos-Trash-Aktion. Ach ja – und bringt Badehosen mit.«

Ich habe gar kein gutes Gefühl. Ich ahne, dass es mit meinen Neujahrsvorsätzen doch nichts wird. Einmal Chaos, immer Chaos!

5.

Der Nachmittag ist für die Katz! Nix Hausaufgaben, nix Sport, nix Internet. Ich bin viel zu aufgeregt, um irgendetwas Vernünftiges zu machen.

Ich hänge mit Musti in meinem Zimmer ab und wir fragen uns, wofür wir bloß mitten im Winter Schwimmsachen brauchen könnten?! Will Jun mit uns eisbaden gehen? Oder brechen wir in eine Villa ein, die einen Pool im Keller hat? Oder werden wir uns wie der berühmte Samurai Musashi unter einen Wasserfall stellen, um ewige Erleuchtung zu erlangen?

Musti, der schon seine schwarze Ninja-Maske trägt, sagt: »Ist egal, Alter. Weissu!? Ist Ninja-Super-Abenteuer. Lass überraschen.«

»Was ist, wenn dieser Yakitori-Typ total verrückt ist? Und zum Beispiel von uns verlangt, dass wir in Badesachen in die Innenstadt gehen? So als Mutprobe oder so?«

»So was ist nicht Mutprobe. So was ist Schwachsinn.«

»Eben.«

»Lass uns etwas essen.«

»Was hat das denn damit zu tun?«

»Nichts.«

Hätte ich auch selbst draufkommen können. Musti eben. Mampf und Doppelmampf!

6.

Wir treffen uns pünktlich um acht Uhr abends. Ich konnte Musti gerade noch davon abhalten, seine vollständige Ninja-Montur anzulegen. Inklusive Schwert und Wurfstern-Arsenal. Wäre viel zu auffällig, schließlich treffen wir uns in der Öffentlichkeit. Also haben wir normale Klamotten an.

Jun hat noch eine Freundin im Schlepptau, die mich verdammt an meine alte Freundin Lea erinnert. Sie sieht aus wie eine Emo-Vampirin im Dark-Gothic-Style mit ultraschlechter Laune. Sie heißt Yasmin.

Ich bin überrascht, als klar wird, wohin wir fahren: zum Zoo! Staun und Doppelstaun!

Der hat um die Uhrzeit natürlich längst geschlossen. Yasmin, die doch ganz in Ordnung ist, guckt sich verschwörerisch nach allen Seiten um, zückt dann einen Schlüssel und schließt eine kleine Nebentür zum Zoogelände auf.

»Los, rein mit euch!«

»Wieso ... warum ... weshalb?«, stammel ich.

Sie lächelt. »Mein Onkel ist Zoowärter. Ich habe mir eine Kopie von seinem Generalschlüssel gezogen.«

Wow, die Braut ist cool, denke ich.

7.

Wart ihr schon mal mitten in der Nacht in einem Zoo? Das ist so unheimlich, als würde man bei Dunkelheit durch den Urwald schleichen. Man hört eine Menge unheimlicher Geräusche. Fauch! Brumm! Zischel! Schleich!

Und ich: Zitter! Bibber! Schwitz! Stöhn!

Ich frage mich, ob die Tiere eigentlich auch nachts in ihren Käfigen sind. Also die Grizzlys, Tiger, Leoparden, Gorillas, Giftschlangen und der ganze übrige gefährliche Kram.

Ganz bestimmt, sagt ihr?!

Woher wollt ihr das wissen? Ich meine, wart ihr schon mal nachts im Zoo? Eben!

Ein paar Minuten später betreten wir ein riesiges Gebäude, das mitten im Zoogelände liegt. Wieder benutzen wir die Hintertür, sodass ich zunächst nicht erkennen kann, wo wir eigentlich sind. Drinnen ist es warm und feucht. Und es riecht nach Fisch. Irgendwo hören wir Wasser plätschern und gluckern.

Wir steigen eine Treppe hinauf und stehen am Rand eines riesigen Wasserbeckens, das seltsam blaugrün schimmert.

»Los, schmeißt euch in eure Badehosen. Wir gehen schwimmen«, erklärt Jun.

»Was ist das hier?«, frage ich.

»Ein Pool«, erklärt Yasmin.

Dicht unter der Wasseroberfläche sehe ich etwas Großes, Schwarzes vorbeihuschen, das aber gleich wieder in der Tiefe verschwindet. Dann erkenne ich noch etwas anderes im Wasser, das noch größer und schwärzer ist. Es hat eine seltsame dreieckige Flosse auf dem Rücken. Ich ahne nichts Gutes.

»Kann es sein, dass dieser Pool nicht für Menschen geeignet ist?«, frage ich.

Yasmin lacht. »Natürlich nicht, Felix. Wir sind hier im neuen Tropenaquarium …«

»Soll das heißen, dass in diesem Becken Haie herumschwimmen?!«

»Klar. Und Barrakudas, Seehechte und eine Riesenkrake.«

Sie wirft ihre Klamotten ab und steht in einem superhotten Bikini vor mir. Sieht toll aus. Aber ich habe Angst vor Mädchen, die vor nichts Angst haben. Ich meine, wir reden hier gerade über schwimmende MONSTER …

»Lecker. Vor allem der Krake«, sagt Musti.

»Das ist doch Wahnsinn«, sage ich.

»Gar nicht! Stell ihn dir mit Tomatensoße vor! Oder vom Grill! Oder in Knoblauchbutter! Das ist kein Wahnsinn, das ist superlecker.«

»Halt die Klappe, Musti.«

Jun und Yasmin lachen. »Jetzt stell dich nicht so an, Felix. Die

Haie werden täglich gefüttert. Warum sollten die uns angreifen?! Ist voll der Kick!«

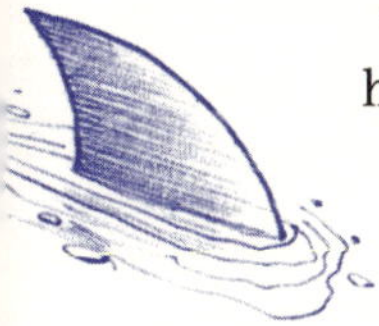

»Kann ja sein. Aber wenn einer doch noch hungrig ist?«, frage ich zurück.

»Probieren wir es aus«, sagt Yasmin.

»Und jetzt rein da!«, sagt Jun Yakitori.

Er holt tief Luft, springt ins Wasser und taucht in die dunkle Tiefe hinab. Undeutlich erkenne ich, wie da unten so allerlei zum Leben erwacht. Große Schatten pflügen speedboatmäßig durchs Wasser, und zwar genau auf Jun zu.

Mir ist jetzt schon schlecht, obwohl ich noch am Beckenrand stehe.

Dann springt Yasmin hinterher und taucht ebenfalls ab. Blubber und Doppelblubber!

Ich sehe Musti an und sage: »Was soll's. Probieren wir es aus.«

»Mir ist gerade eingefallen, dass ich gar nicht schwimmen kann.«

»Ich schon«, sage ich, hole tief Luft und springe.

Schnapp und Doppelschnapp!

8.

Wenn das Leben gerecht wäre, würde jeder Mensch so sterben, wie er gelebt hat.

Als Deutscher würdest du vom Auto überfahren, als Brasilianer von einem Urwaldbaum erschlagen, als Italiener von der Mafia erschossen und als Russe in Wodka ertrinken.

Und als Japaner würdest du als Sushi enden, verspeist von einem Schwarm hungriger Thunfische, die den Rest dann ein paar Haien übrig lassen.

Aber das Leben ist nicht gerecht. Ist vielleicht auch ganz gut so. Weil nichts passiert. Jedenfalls stirbt keiner.

Ein paar Stunden nach unserem Zoo-Besuch liege ich wohlbehalten in meinem Bett. Sicherheitshalber zähle ich immer mal wieder meine Beine, Arme, Finger und Zehen nach.

Alles noch dran! Ein wenig aufgequollen, aber vollständig. Und das, obwohl ich vorhin, als ich in diesem Aquariumbecken nach unten getaucht bin, immer mal wieder ein großes, hungriges, unheimliches, schleimiges Etwas an meiner Haut gespürt habe. Es war doch Wahnsinn! Sogar Doppelwahnsinn!

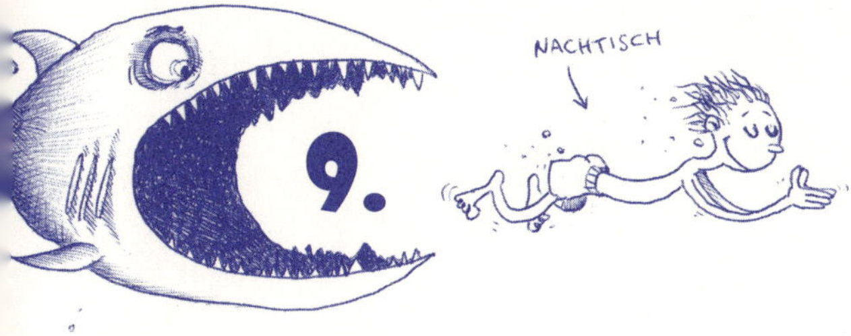

9.

Als ich am nächsten Tag aufwache, frage ich mich, ob ich die ganze Sache mit dem Zoobesuch und dem Haitauchen vielleicht nur geträumt habe.

Jetzt mal ehrlich. Wer macht denn bitte so was Bescheuertes?!

Dann entdecke ich auf dem Fußboden meine immer noch nasse Badehose!

Okay. Ich bin so bescheuert! Und Musti auch. Und dieser Jun Yakitori und diese Yasmin sowieso!

Aber das ist kein Grund für schlechte Laune. Im Gegenteil. Grins und Doppelgrins! Wenn ich darüber nachdenke, dann war die Nacht eigentlich echt lehrreich.

Ich habe zum Beispiel gelernt, dass ich ab sofort nicht mehr jeden Scheiß mitmachen werde, nur weil ein tolles Mädchen mich dazu anstiftet.

Außerdem habe ich gelernt, dass Japaner gar nicht langweilig sind. Sondern total verrückt!

10.

Auf dem Weg zur Schule fällt mir noch etwas anderes von gestern Nacht ein. Während wir anderen im Wasser planschten und ungefähr zwanzig Dreiecksflossen um uns kreisten, hat Musti mit seinem Handy ein Video von uns gemacht!

Wenn er das auf Youtube stellt, sind wir geliefert! Die Aktion war schließlich mega-verboten.

Ich entdecke Musti auf dem Schulhof und ziehe ihn in eine verschwiegene Ecke.

»Was los, Alter?«, fragt er neugierig.

»Du darfst das Video von gestern Nacht auf keinen Fall uploaden!«

Er ist überrascht. »Warum nicht?«

»Mann, weil wir dann eine Anklage wegen Hai-Quälerei bekommen.«

»Ich nicht. Ich war ja nicht drin.«

»Versprich es, Musti.«

Er hüstelt seltsam. »Zu spät, Alter! Ist schon oben. Hat schon zwanzigtausend Klicks!«

»Oh Gott, dafür gehe ich in den Knast.«

»Klar, Alter, aber du wirst berühmt!«

11.

Schule nervt. Die Lehrer, der Unterricht, die Hausaufgaben, die Tests – wer braucht so was schon?! Und wofür?!

Heute ist der Schule-nervt-Faktor besonders hoch. Toaster-Manni, unser Rektor, hat eine Vollversammlung in der Aula einberufen. Dort verkündet er, dass ab nächster Woche probeweise Geräte in einigen Klassen aufgestellt werden, mit denen sich eingeschaltete Handys orten lassen.

Ein entsetztes Raunen geht durch die Reihen. Ich melde mich und sage: »Das ist eine ganz miese Idee, Herr Gerolnick.«

Toaster-Manni heißt eigentlich Manfred Gerolnick und ist alles in allem echt in Ordnung. Er hält immer wieder seine schützende Hand über mich, wenn ich mal wieder irgendeinen Unsinn angestellt habe. Also eigentlich ständig.

»Und warum ist es eine miese Idee?!«, erkundigt er sich.

»Weil wir Schüler nie so viel für die Schule lernen wie an den Tagen, an denen wir einem Freund versprochen haben, ihm per Handy bei einer Klassenarbeit zu helfen.«

»Ach, und wieso das!?«

»Stellen Sie sich mal vor, Sie bekommen plötzlich eine

SMS mit einer algebraischen Gleichung dritter Ordnung mit drei Unbekannten und einem Koeffizienten-Faktor von minus drei…«

Toaster-Manni sieht mich an wie ein per Gentechnik zum Leben erwecktes Mammut, das sich auf einer viel befahrenen Kreuzung in einer Großstadt des dritten Jahrtausends wiederfindet. Dazu macht er folgendes Geräusch: »Hääh?!«

»Eben, so etwas kann man nicht einfach mal schnell per Internet lösen. Sie können diesem Freund nur helfen, wenn Sie vorher drei Tage lang Mathe gepaukt haben wie ein Bekloppter. Logisch, oder?«

»Ja, irgendwie schon.«

»Eben! Aber genau diese Motivation wollen Sie nun mit Ihren blöden Handy-Ortungsgeräten zerstören!«

Manni legt die Stirn in Falten. »Aber du könntest doch

auch einfach für dich selbst lernen. Jeder könnte das. Dann bräuchtet ihr keine Handys.«

Ich schüttele den Kopf. »Sie verstehen aber auch gar nichts. Das würde doch gar keinen Spaß machen. Für sich selbst lernen?! Machen nur Streber!«

Manni unterdrückt mühsam ein Lachen. »Also gut, Felix. Ich werde mir die Sache noch einmal überlegen.«

»Danke, Herr Gerolnick. Und wenn Sie mal wieder meine Hilfe brauchen, können Sie jederzeit auf mich zählen.«

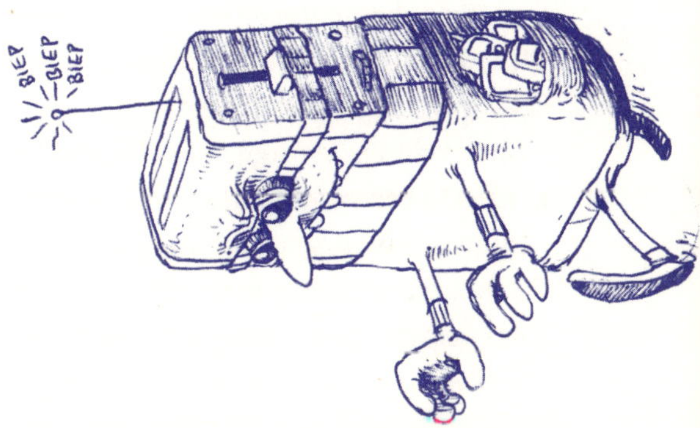

12.

Eins hat Toaster-Manni mit seiner Ankündigung auf jeden Fall erreicht. Er hat uns verunsichert. Was passiert, wenn wir demnächst in einer Klassenarbeit sitzen und wirklich keine Handys mehr benutzen können?!

Katastrophe!

Mein Leben würde folgenden Verlauf nehmen: schlechte Noten – keine Versetzung – kein Schulabschluss – kein Job – kein Geld – keine Wohnung – kein Essen – obdachlos – verhungert – erfroren – tot.

Mit anderen Worten, das Handy-Verbot würde mein ganzes Leben ruinieren!

Beim Abendessen erzähle ich meinen Eltern von der Sache und erkläre ihnen: »Unser Rektor hat heute in der Aula gesagt, dass er uns alle umbringen möchte.«

»Er wird seine Gründe dafür haben«, entgegnet Dad grinsend.

»Wie genau möchte er euch denn ins Jenseits befördern?«, fragt Mom.

Wie ihr seht, habe ich Eltern, für die *Mitleid* ein Fremdwort ist. »Er will uns die Handys wegnehmen«, erkläre ich ihnen.

»Und davon stirbt man?!«, fragt Mom.

Ich stöhne auf und erkläre ihr, wie das läuft: schlechte

Noten – keine Versetzung – kein Schulabschluss – kein Job – und so weiter … am Ende halt Grab.

Während meine Mom lachend vom Stuhl fällt, erklärt mir Dad: »Aber wir hatten doch früher auch keine Handys und haben trotzdem gepfuscht.«

Jetzt ist mein Interesse geweckt. »Und wie habt ihr das gemacht?«

»Schreib dir einfach einen Spickzettel!«

»Du meinst mit Stift und Papier? Viel zu anstrengend!«

Mom, die wieder oberhalb der Tischplatte aufgetaucht ist, bekommt einen roten Kopf wie ein überreifer Hokkaido-Kürbis. Dann faucht sie Dad an: »Schatz! Jetzt bring den Jungen nicht auf dumme Gedanken!«

»Die hat er sowieso«, sagt Dad.

»Stimmt«, sage ich.

Mein Dad erklärt mir daraufhin, wie man einen sauberen Spickzettel anfertigt, aber dann bekommt meine Schwester einen ihrer üblichen Gehirnkrämpfe. Mit halb erstickter Stimme schreit sie los: »Dad! Du willst dieser Ganzkörper-Warze doch wohl nicht wirklich erklären, wie man sich durch die Schule mogelt?!«

Ich sage daraufhin zu meinem Dad: »Bitte, lass dich von dieser neuronalen Fehlschaltung nicht vom Sprechen abhalten!«

Jack Russel – so nenne ich meine Schwester wegen ihrer Kläff-Stimme – kneift ihre Augen zu schmalen, böse glimmenden Schlitzen zusammen: »Felix! Du IQ-geschrumpfte Riesenbakterie! Wenn du mich noch einmal beleidigst, werde ich dir eine Lektion erteilen!«

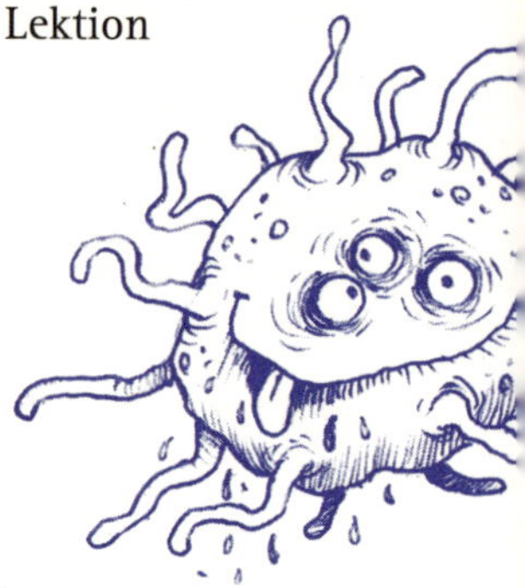

»Versprochen?«

»Allerdings.«

»Kotzeimer-Ausleckerin!«

»Letzte Warnung!«

»Popel-Dompteuse!«

»Du lässt mir keine Wahl!«

»Nasenhaar-Friseuse!«

Jack Russel stürzt sich auf mich wie ein tollwutkrankes Angora-Kaninchen, aber im letzten Moment geht Mom dazwischen. Mit ihrer lauten Rechtsanwältinnen-Stimme ruft sie: »Haltet sofort die Klappe! Noch ein Wort, und ihr kommt beide aufs Internat!«

»Ach, gibt es auch Internate für denkbefreite Lockenwickler-Halterungen? Vielleicht wirst du da ja glücklich, Jack?!«

»Aaaaargh!«

13.

Ich verbringe den restlichen Abend auf meinem Zimmer. Übrigens ohne Handy, Playstation oder auch nur Internetzugang. Ich sitze sozusagen in Isolationshaft.

Selbst schuld. Ich habe mal wieder meinen Lieblingsfehler gemacht: Im entscheidenden Moment habe ich einfach nicht die Klappe gehalten.

Verplapper und Doppelverplapper.

14.

Seit der Sache mit dem Zoo habe ich Ärger mit Nina. Wobei ich mir nicht sicher bin, ob sie sauer ist, weil ich die Aktion durchgezogen habe oder weil ich sie nicht mitgenommen habe.

Vermutlich beides.

Ach so, kurz zur Erklärung: Nina ist meine Freundin. Ja, ehrlich. Ich, Felix Rohrbach, bin seit Weihnachten nicht mehr Single. Eigentlich bin ich total froh und glücklich deswegen.

Aber vielleicht auch doch nicht so ganz. Weil ich halt immer wieder Streit mit Nina habe. Wegen meiner ganzen Chaos-Aktionen und so.

Seit Nina und ich ein Paar sind, habe ich auf jeden Fall eine Menge Dinge über Mädchen gelernt. Vor allem, wenn es darum geht, worauf Mädchen stehen und worauf sie nicht stehen.

Ich denke mal, das Erste ist gar nicht so schwer – Blumen bekommen, Komplimente bekommen, die Tür aufgehalten bekommen, eine Einladung zum Essen bekommen. Das mögen sie.

Aber ich bin nun einmal ein Chaot. Darum habe ich mehr Erfahrungen darin, was Mädchen echt nervt.

Damit ihr nicht dieselben Fehler wie ich macht, präsentiere ich euch hier Felix Rohrbachs TOP FIVE der Dinge, über die sich ein Mädchen garantiert NICHT freut.

5. Wenn eure Freundin mit euch einen Kuschelabend geplant hat, dann ladet nicht eure drei besten Freunde dazu ein, schon gar nicht, wenn die dann den ganzen Abend das Sofa, das Bett und ihren Lieblingssessel belegen!

4. Wenn ihr das erste Mal mit eurer Freundin ins Kino geht, dann sucht einen Film aus, den ihr garantiert nicht sehen wollt! Sie wird nämlich die ganze Zeit mit euch rumknutschen und es kommt gar nicht gut, wenn ihr dabei mit einem Auge auf die Leinwand schielt!

3. Eure Kumpels fanden es total witzig, als ihr heimlich in die Ketchup-Flasche die neue ultrascharfe Hot-Devil-Fire-Mouthexplosion-Chili-Soße getan habt. Probiert die Nummer nicht bei eurer Freundin aus. Die findet es garantiert nicht witzig.

2. Wenn euch eure Freundin an Tag zwei eurer Beziehung fragt, ob ihr auch wirklich den Rest eures Leben mit ihr verbringen wollt, dann antwortet einfach mit: Ja! Wenn ihr nämlich ehrlich seid und sagt, dass ihr das noch nicht wisst, dann werdet ihr garantiert nicht den Rest eures Lebens mit ihr verbringen!

1. Ihr habt euch bestimmt schon mal selbst auf die Zunge gebissen, oder? Das ist schlimm. Noch schlimmer aber ist es, wenn ihr beim Zungenküssen eurer Freundin auf die Zunge beißt. Aua und Doppelaua!

15.

Ich bin heute Abend mit Nina verabredet. Gegen sieben Uhr klingel ich an ihrer Haustür, sie macht auf, lächelt total süß. Sofort bin ich wieder megaverknallt.

»Hey, Nina.«

»Hey, Felix. Komm rein. Aber zieh bitte die Schuhe aus. Und wirf deine Jacke nicht einfach auf den Boden. Und wasch dir mal die Hände. Hast du was mit Knoblauch gegessen? Du musst echt mal zum Friseur gehen. Hast du schon wieder diesen blöden Pullover an? Wieso bist du eigentlich schon wieder zu spät? Ach ja, ich wollte jetzt mal kurz mit Gitta telefonieren, du weißt schon, meiner Cousine. Das dauert nur drei Stunden oder so. Aber du kannst ja meinem Vater in der Zeit helfen, draußen die Gartenabfälle zusammenzukehren. Also bis gleich.«

Sie dreht sich um und will in Richtung Telefon marschieren.

»Warte mal kurz, Nina.«

»Was denn?«

»Bist du sicher, dass du mich magst?«

»Was? Wieso? Klar mag ich dich. Total sogar! Du bist doch mein Freund.«

Sie verschwindet zum Telefon. Ich schaue ihr hinterher und weiß nicht genau, was ich davon halten soll. Die Sache mit den Mädchen ist echt kompliziert. Grübel und Doppelgrübel.

16.

Am nächsten Tag habe ich schlechte Laune. Also so richtig pechfinstere-ich-zetrümmer-meinen-iPod-und-lege-meiner-Schwester-einen-Kaktus-ins-Bett-schlechte-Laune. Grummel und Doppelgrummel.

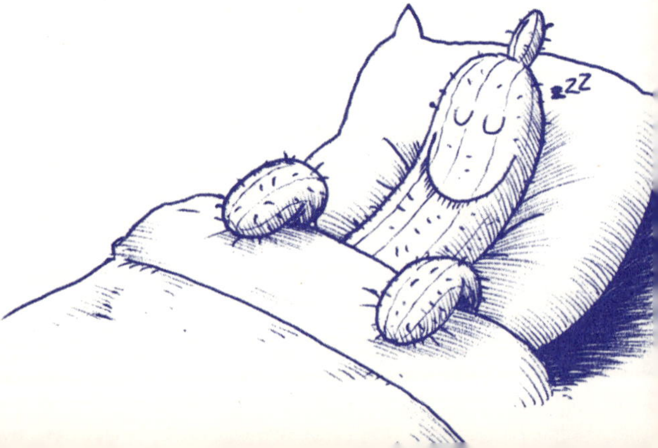

17.

Nach der Schule treffe ich mich mit Musti. Obwohl es draußen kalt ist, schlendern wir durch die Gegend.

»Weißt du, worüber ich nachdenke, Musti?!«

»Nee, weiß nisch. Wirssu gleich sagen, Alter.«

»Ich frage mich, ob man mit einem Mädchen zusammen sein kann, in das man logischerweise verliebt sein muss, weil man ja mit ihm zusammen ist. Aber dann merkt man, dass man vielleicht doch nicht in sie verliebt ist.«

Musti sieht mich verwirrt an und sagt: »Kriegisch Hunger, wenn ich so schweres Problem denken muss. Lass Döner, Dicker.«

»Ja, okay. Warum nicht.«

Wir gehen in eine Döner-Bude und Musti sagt zu dem Besitzer: »Machsu immer weiter Döner, Alter, bis ich sage Stopp.«

Obwohl Musti dieses kleine Appetit-Problem hat, ist er dennoch ein feiner Kerl. Und ein echt guter Freund. Und viel klüger, als man auf den ersten Blick denkt.

Während Musti also alle fünf Minuten einen neuen Döner in Empfang nimmt und verspeist, denkt er über mein Problem nach. Schließlich sagt er: »Wenn du merkst, dass Nina ist falsches Mädchen für dich, musst du ihr sagen. Ist nicht schlimm. Schlimm ist, wenn du ihr nicht sagst!«

»Ja, schon. Aber ich habe Angst davor, dass sie weint und total sauer auf mich ist und mir Vorwürfe macht.«

»Aber sie macht sowieso Vorwürfe und ist sauer auf dich.«

»Stimmt auch wieder. Ich habe halt Angst davor, es ihr zu sagen.«

»Mussu mutig sein, Alter. Ist wichtig für sie. Ist wichtig für dich. Ist wichtig für euch beide.«

»Danke, Musti. Bist echt ein Freund.«

Musti lächelt, dreht sich dann zu dem Imbiss-Typen um und sagt vorwurfsvoll: »Habisch Stopp gesagt oder was? Habischnisch. Machsu weiter Döner, habisch immer noch Hunger.«

»Ich nehm auch einen«, sage ich.

Der Imbissbesitzer schüttelt bedauernd den Kopf. »Tut mir leid, Jungs. Döner ist alle. Ihr könnt aber Börek haben.«

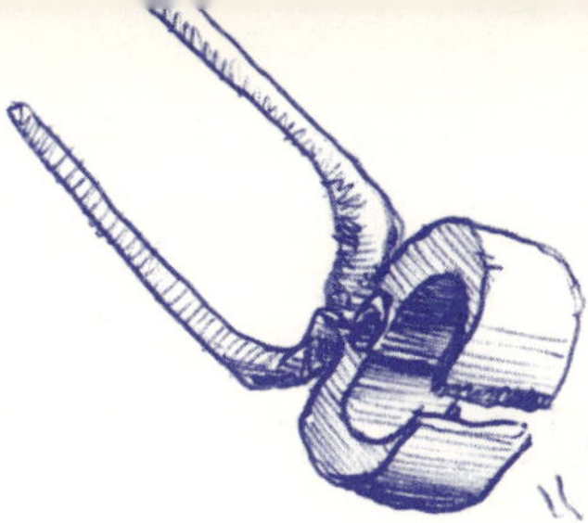

18.

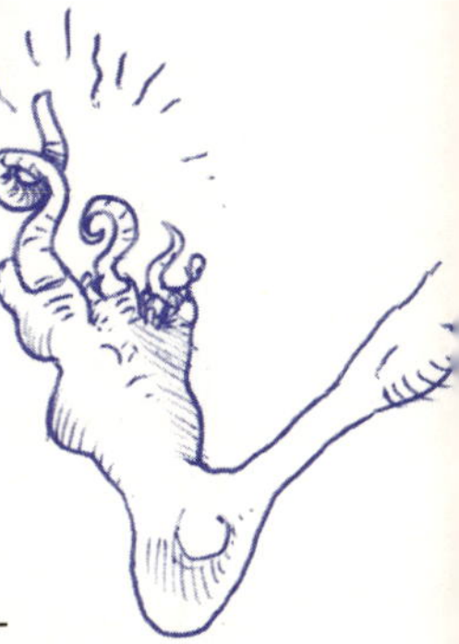

Bei uns oben im Haus wohnt mein Opa Hans-Jürgen, der Dad meiner Mom. Ich verstehe mich ganz gut mit ihm, vor allem weil wir zusammen super über meine Eltern ablästern können. Außerdem bessert er immer mal wieder heimlich mein Taschengeld auf. Dafür helfe ich ihm bei Dingen, die er nicht mehr so gut kann. Also eigentlich bei allem.

Nur seine Fußnägel, die schneide ich ihm nicht. Weil Opa Hans-Jürgens Fußnägel aussehen wie gelbe Regenwürmer, die beim Ringeln schockgefroren wurden. Wenn man sie schneidet, fliegen sie meistens durchs halbe Zimmer. Und wenn man Pech hat, dann fliegen sie einem in den Mund oder in die Nase. Schmeckt wie Mayonnaise aus dem 17. Jahrhundert. Diesen Job überlasse ich darum lieber Jack Russel. Sie ist eine echt talentierte Fußnägel-Schneiderin und wenn man bedenkt, dass unsere Gesellschaft ja bald nur noch aus alten Leuten besteht, dann hat Jack eine große Zukunft als Pediküristin vor sich!

19.

Heute hat Opa mich gebeten, ihn in einen Elektromarkt zu begleiten, weil er sich einen neuen Fernseher kaufen möchte.

Wir stehen also in diesem gigantischen Alles-was-du-willst-Hauptsache-digital-Laden und Opa Hans-Jürgen blickt sich um wie ein Neandertaler, der per Zeitmaschine in die Gegenwart gebeamt worden ist.

Ein Verkäufer kommt zu uns. »Kann ich Ihnen helfen?«, fragt er.

»Hasikeifern?!«, fragt Hans-Jürgen ratlos.

Nur zur Erklärung: Mein Opa trägt eigentlich dritte Zähne, aber er vergisst immer, wo er die hingetan hat. Und ohne sein Gebiss nuschelt er so stark, dass ihn kein Mensch verstehen kann. Außer mir. Darum muss ich immer für ihn übersetzen. In diesem Fall hat Opa gefragt, ob die denn gar keine Fernseher haben.

Der Verkäufer sieht uns verwirrt an. »Aber hier hängen doch überall Fernsehgeräte. Flatscreens.«

»Mökeifla! Möidiferfrüh!«, sagt Opa Hans-Jürgen.

»Mein Opa möchte keinen Flatscreen, sondern einen *dicken* Fernseher, so wie früher.«

Der Verkäufer schüttelt den Kopf. »Gibt es nicht mehr. Es gibt nur noch schlanke Fernseher.«

»Unschwawei.«

»Und er soll schwarz-weiß können.«

Dem Verkäufer bricht der Schweiß aus. »Dicke Schwarz-Weiß-Fernseher gibt es seit zwanzig Jahren nicht mehr. Tut mir leid.«

»Kaugese«, sagt Opa.

»Kann auch gebraucht sein«, übersetze ich.

»Wir haben keine gebrauchten Geräte. Gehen Sie doch lieber zu einem Altwaren-Händler. Aber pass auf, dass sie deinen Großvater nicht gleich dabehalten«, erklärt der Verkäufer.

»Unverschämtheit«, sagt Hans-Jürgen.

»Unverschämtheit«, übersetze ich.

»Das habe ich auch so verstanden«, sagt der Verkäufer.

Überrascht sehen wir Opa an. Er hat gerade in seiner Hosentasche sein Gebiss gefunden und eingesetzt. Ich muss also nicht mehr übersetzen.

»Außerdem möchte ich ein Facebook kaufen«, erklärt er uns.

»Facebook kann man nicht kaufen«, erkläre ich ihm.

»Ich habe aber in der Zeitung gelesen, dass jeder jetzt Facebook hat.«

»Dann musst du einen Computer kaufen und Internet haben.«

Hans-Jürgen nickt und sagt zum Verkäufer: »Ich hätte also gerne einen Computer und ein Internet. Oder reicht ein halbes? So für den Anfang?«

»Nee, nimm lieber ein ganzes. Und kauf am besten noch ein Kilo Twitter, ein paar Googles und noch zwei oder drei Youtubes. Sicher ist sicher«, sage ich.

Hans-Jürgen nickt. »Sie haben es gehört. Packen Sie uns das alles ein. Ach ja, und tun Sie für den Jungen noch zwei oder drei Smartphones dazu. Aber nicht mit Schokolade.«

Der Verkäufer rennt schreiend davon. Vermutlich springt er aus dem nächsten Fenster.

Hans-Jürgen und ich sehen uns an und lachen uns schlapp.

»Den haben wir ja ganz schön verarscht«, sage ich.

»Ehrensache. Die Verkäufer hier behandeln alte Leute, als wären die total schwachsinnig. Aber egal, jetzt hilf mir mal aussuchen. Soll ich den Toshiba mit HD-Ready und 3-D nehmen? Oder lieber den Samsung mit integriertem Browser und eingebautem SAT-Receiver?«

Opa Hans-Jürgen ist echt cool. Ab und zu weiß ich selbst nicht so genau, was er noch checkt und was nicht.

20.

Wir – also Musti, Spike und ich – haben Streit mit Mike. Der hat uns heute gebeichtet, dass er unseren Mega-Super-Böller an Silvester mit Absicht sabotiert hat. Er hatte die drei Kilo Schwarzpulver nass gemacht und die Lunte an drei Stellen zerschnitten. Das Ding konnte gar nicht explodieren.

»Warum hast du das gemacht, Mike?«, faucht Spike ihn an.

»Weil die Aktion zu gefährlich war.«

»Aber wir wären vielleicht ins Guinnessbuch der Welt rekorde gekommen!«

»Ja, wegen rekordverdächtiger Blödheit! Was ist so toll daran, ein Haus in die Luft zu sprengen?«

»Keine Ahnung. Aber es macht Spaß.«

Spike ist so wütend, als würde er gleich selbst explodieren wie ein Superböller.

Ich sehe Musti fragend an. Musti grinst und sagt: »Chill, Spike. Lohnt nicht aufregen. Mike hat recht. Aktion war Schwachsinn und gefährlich. Hat er richtig gemacht.«

Ich sage zu Spike: »Wenn dir Sachen-in-die-Luft-jagen so viel Spaß macht, werd doch später einfach Sprengmeister. Ist ein cooler Job. Und du kannst ständig alte

Hochhäuser, Fabrikschornsteine oder Steinbrüche explodieren lassen.«

Spike gähnt. »Ja, aber das wäre dann nicht verboten. Macht also keinen Spaß.«

Stimmt auch wieder, denke ich. Spike ist genau wie ich. Alles, was wirklich lustig ist, darf man nicht. Und wenn man es doch darf, ist es nicht lustig. Grübel und Doppelgrübel. Das Leben ist schon seltsam.

21.

An diesem Abend bin ich wieder mit Nina verabredet. Auf dem Weg zu ihr schlottern mir die Knie. Ich habe mich entschieden, ihr zu sagen, dass wir nicht mehr zusammen sein können. Weil wir uns halt irgendwie nicht verstehen. Und weil sie immer so viel an mir auszusetzen hat.

Musti hat nämlich recht. Es ist nicht schlimm, wenn man einsieht, dass man nicht zusammenpasst. Es ist nur schlimm, wenn man nicht den Mut hat, es zu sagen.

Aber was ist, wenn sie anfängt zu weinen? Oder wenn sie mich danach hasst? Oder wenn sie ihren älteren Bruder ruft, der gerade den schwarzen Gürtel im Kung-Fu gemacht hat? Und das nur, weil ihm die schwarzen Gürtel im Taekwondo, Judo und Kickboxen nicht mehr gereicht haben?

Schlotter und Doppelschlotter!

Nina empfängt mich an der Haustür und wieder finde ich ihr Lächeln umwerfend. Anders als sonst sagt sie nichts über meinen Look, meine Manieren, meine Haltung oder die Tatsache, dass ich dreißig Sekunden zu spät gekommen bin.

Stattdessen sagt sie einfach nur: »Komm rein, Felix. Wir gehen hoch in mein Zimmer.«

Ganz klar, sie ahnt, warum ich hier bin. Uiuiui!

Nina legt eine CD von Helene Fischer auf und mir wird klar, dass alles noch viel schlimmer ist. Sie will mich umbringen. Mit Musik. Was das angeht, waren wir noch nie auf einer Wellenlänge.

Wir setzen uns nebeneinander auf ihr Bett und sehen uns eine Weile schweigend an. Schluck und Doppelschluck. Ich muss mutig sein und ehrlich. Auch wenn es mir schwerfällt. Also gut.

Räusper und Doppelräusper. »Hör zu, Nina. Ich muss dir etwas sagen …«

Nina schüttelt den Kopf und legt mir ihren Finger auf die Lippen. »Warte, Felix. Ich muss dir zuerst etwas sagen … weißt du, ich habe über uns nachgedacht. Und ich glaube, dass wir irgendwie nicht zusammenpassen.«

Ich sehe sie erstaunt an. »Glaubst du wirklich?«

Sie nickt. »Es ist besser, wenn wir uns trennen. Tut mir echt leid. Ich hoffe, du bist jetzt nicht total sauer auf mich oder hasst mich …«

»Nein, ich …«

»Danke, dass du es mir nicht so schwer machst. Ich hatte echt Schiss, dass du mir Vorwürfe machen oder sogar weinen würdest.«

»Ist schon okay, Nina. Auch wenn ich total traurig bin. Echt total megatraurig!«

Sie lächelt. »Ich möchte dir bestimmt nicht wehtun, Felix. Denk nicht zu schlecht von mir.«

»Versprochen ... ich gehe dann mal. Aber ein bisschen schlecht denke ich doch von dir.«

»Tschüss, Felix. Wäre klasse, wenn wir in der Schule nicht doof zueinander sind oder so.«

»Klar, das schaffen wir.«

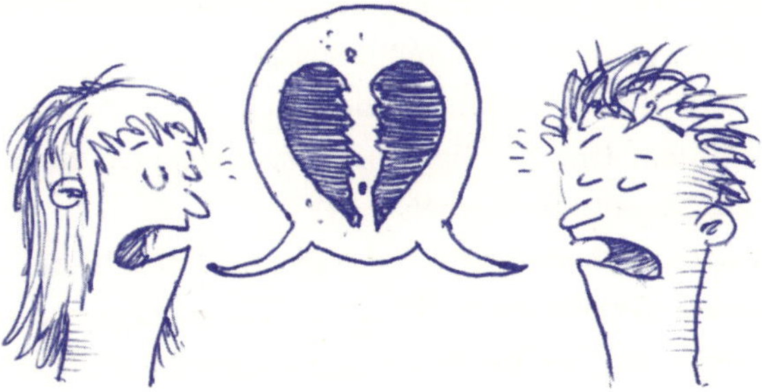

22.

Ich stehe vor Ninas Haus auf der Straße und kann immer noch nicht glauben, was gerade passiert ist.

Ich, der größte Pechhaber der Welt, habe ausnahmsweise einmal Glück gehabt. Das ist doch echt nicht zu glauben. Staun und Doppelstaun!

Ich setze mich auf mein Fahrrad und fahre in Schlangenlinien nach Hause. Nicht weil ich betrunken bin oder mir schwindelig ist. Ich fühle mich einfach nur leicht und gut und wie befreit.

Der Frosch, den ich den ganzen Tag im Hals hatte, ist raus und hüpft jetzt zufrieden irgendwo herum.

Alles wird gut! Doppelgut!

23.

Mitte Februar fahren wir zusammen mit zwei Parallelklassen für zehn Tage auf Ski-Freizeit in die Alpen.

Wahnsinn! Sechzig Schüler und ein ganzes Gebirge, das nur darauf wartet, von uns auf den Kopf gestellt zu werden. Das wird eine Gaudi! (Das ist bayerisch für: Das wird Spaß machen. Oder auf Musti-Deutsch: Hassu voll krass Fun, Alter!

Wie ihr euch vorstellen könnt, ist schon die Zugfahrt nach Garmisch-Partenkirchen ein echtes Highlight. Wir ziehen fünf Mal die Notbremse, hängen bei Frankfurt die hinteren drei Waggons ab, verkaufen ahnungslosen Fahrgästen selbst gemalte Zusatzfahrkarten und zapfen heimlich die Bierleitung im Speisewagen an.

Obwohl, das mit der Bierleitung stellt sich als keine gute Idee heraus. Führt dazu, dass Spike schon nach zehn Minuten so besoffen ist, dass er aus dem Fenster kotzt. Da in diesen modernen Zügen die Fenster aber gar nicht aufgehen, kotzt er eigentlich nicht *aus* dem Fenster, son-

dern *gegen* das Fenster. Spuck und Doppelspuck! Nicht schön, so etwas.

Außerdem bekommt Mrs Ironfist, unsere Englischlehrerin, die auf der Fahrt mit dabei ist, schon kurz nach der Abfahrt die erste Krise. Sie versammelt uns, also Musti, Mike, Spike und mich, in einem leeren Abteil und hält uns eine Predigt. »Hört gut zu, Jungs. Und du besonders, Felix Rohrbach. Ich habe nicht vor, mir von euch in diesen zehn Tagen die Nerven ruinieren zu lassen. Entweder ihr benehmt euch oder ihr fahrt mit dem nächsten Zug zurück nach Hause.«

»Wann fährt denn der nächste Zug?«, frage ich.

»Spar dir deine Scherze, Felix.«

»Und was mache ich dann mit den ganzen gesparten Scherzen?«

»Letzte Warnung, Felix.«

»Wann war denn die erste Warnung? Muss ich verpasst haben.«

Mrs Ironfist, die eigentlich Frau Schuster heißt, läuft rot an und gibt seltsame Geräusche von sich – ungefähr wie ein Atomkraftwerk kurz vor der Kernschmelze.

Der einzige Trost ist, dass Spike noch komischere Geräusche macht. »Ich muss kotzen«, sagt er.

»Schon wieder?!«, fragt Mike genervt.

»Machsu nicht wieder gegen Fenster, hörsu?!«, sagt Musti.

»Ist gut«, sagt Spike.

Er meint es gut und

dreht sich vom Fenster weg, als auch schon eine riesige Kotz-Fontäne aus seinem Mund sprüht.

Zu dumm nur, dass genau vor ihm Mrs Ironfist steht. Sie kriegt die volle Ladung ab und das ruiniert nicht nur ihre Frisur und ihre Klamotten, sondern auch den letzten Rest ihrer guten Laune.

»Das werdet ihr bereuen, ihr vier. Versprochen! Wenn ihr ab jetzt noch das kleinste bisschen Unsinn anstellt, dann werdet ihr in Ketten gelegt und per Polizeihubschrauber zurück nach Hause gebracht. Das schwöre ich euch!«

Mit diesen Worten dreht sie sich um und stampft mit schweren Schritten in ihr eigenes Abteil zurück.

Schluck und Doppelschluck! Scheint so, als hätten wir ein echtes Problem. Darum beschließen wir, uns erst einmal zu benehmen. Unauffällig sein, lautet die Devise.

24.

Wart ihr schon einmal Skifahren? Ich sag's euch, Leute – es ist das Coolste, was es gibt! Direkt hinter Fallschirmspringen, Wellenreiten und Hai-Tauchen!

Leider bin ich ein absoluter Anfänger. Die ersten drei Tage beschäftige ich mich erst mal nur damit, nicht hinzufallen. Passiert dennoch ständig. Bevor ich dann wieder aufstehen kann, muss ich erst mal die ganzen Knoten aus meinen Armen und Beinen machen. Gar nicht so einfach.

Seht ihr übrigens diesen aufgeblasenen Schneemann mit Basecap und Rapper-Kette? Der immer nur Schuss fährt, bis er irgendwo im Tal gegen eine Mauer oder einen Baum prallt? Richtig geraten, das ist Musti bei seinen ersten Skifahr-Versuchen. Er ist auch Anfänger. Sein Glück ist, dass seine Körpermasse ihn wie ein natürlicher Airbag vor Knochenbrüchen schützt.

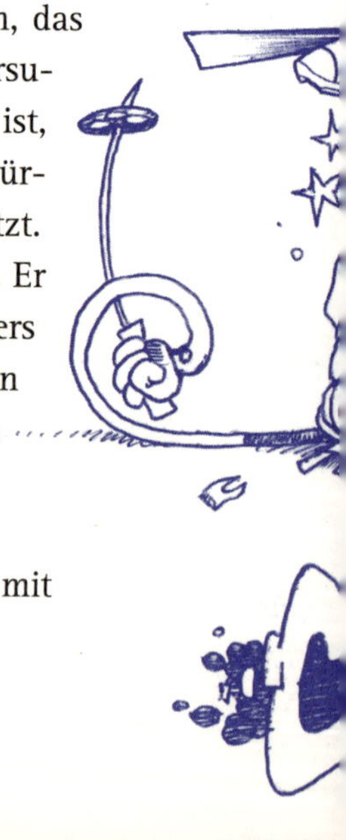

Spike ist da ein ganz anderes Kaliber. Er fährt auch immer nur Schuss, aber anders als Musti hat er schon gelernt, wie man bremst. Er ist echt cool, vor allem wenn seine arschlangen Dreadlocks wie ein gigantischer Kometenschweif hinter ihm herdongeln, während er grinsend mit

Lichtgeschwindigkeit talabwärts flitzt.

Und das ist Mike. Er liegt im Bett. Was er trägt, ist kein spezieller Skianzug, sondern ein Gips. Er hat sich leider schon am ersten Tag einen Fuß, einen Arm und das Schlüsselbein gebrochen. Weil er eben klein und schlank ist und keinen natürlichen Airbag besitzt. Dafür besuchen wir ihn fast jeden Tag im Krankenhaus. Statt Blumen bringen wir ihm Schneebälle mit, die wir ihm ins Gesicht werfen. Das macht besonders viel Spaß, weil Mike ja nicht weglaufen kann.

Trotzdem darf er sich nicht beschweren. Die Krankenschwestern sind echt hot. Und sie kümmern sich rührend um Mike. Er hat den Bogen raus. Er tut so, als wäre er noch jung und richtig süß. Wenn sie sich über ihn beugen, um Fieber zu messen, sieht er ihnen in den Ausschnitt oder auf den Hintern. Musti, Spike und ich überlegen, ob wir uns auch etwas brechen sollen.

25.

Skifreizeiten sind eigentlich nichts anderes als Gebirgspartys! Wir sind zehn Tage lang mit den ganzen Mädchen aus unserer Klasse und den ganzen Mädchen aus der Parallelklasse zusammen! Da muss doch was gehen!

Geht aber nicht. Kein Küssen, kein Knutschen, kein Rummachen. Null. Nada. Zero. Niente.

Die Mädchen interessieren sich überhaupt nicht für uns. So, als wären wir Jungs unsichtbar oder würden nach durchgeschwitztem Skischuh riechen.

Irgendwann wird uns klar, woran es wirklich liegt. Nämlich daran, dass alle Mädchen schon nach zwei Tagen verliebt sind. Aber nicht in uns. Sondern in unsere drei Skilehrer.

Mist und Doppelmist. Gegen die Typen haben wir nicht die geringste Chance!

Sie heißen Toni, Seppi und Jorgi und sind braun gebrannte Supersportler, die Saltos in der Luft machen, schwarze Todespisten runterpesen und immer lächeln.

Sie sind durchtrainiert, tragen Sonnenbrillen und sehen einfach gut aus.

Trotzdem sind sie ekelige Schleimpfropfen, die es einfach nicht verdient haben, bei unseren Mitschülerinnen zu landen!

Wenn sie zum Beispiel den Mädchen den Parallelschwung beibringen, stellen sie sich ganz dicht neben sie und legen ihnen den Arm um die Hüfte. Würg und Doppelwürg. Das ist einfach unfair!

26. HOT

Das Einzige, was Toni, Seppi und Jorgi nicht können, ist Deutsch. Ungelogen. Haha. Als Toni mir zum Beispiel den Stemmbogen beibringen will, sagt er: »Des's gonz eifach, Buab. Steis dei links Boa grod un dei rechts Boa schrag, un dann fährst wia vunna seibs ums Eck, verstehst?«

»Nein. Kein Wort.«

»Do erklär i dir's no amal. Des Boa mach's so und des Boa so, un dann fahrst eifach los un rumm.«

Musti, der daneben steht, nickt verständig und sagt zu mir: »Ich mach dich checko, Alter. Hörsu zu. Mussu machen deine eine Bein vorne und deine andere machsu um die Ecke. Dann machsu los und bissu voll krass auch Ski-Gott. Yo?!«

»Yo! Du kannst das gut erklären, Musti. Danke.«

»Binisch halt schlau, weissu?!« Dann sieht er zu Toni und sagt: »Du nich, Alter. Mussu lernen besser Deutsch.«

»I woiss, i geb mia ja a Müh! Aber i koa do ah net zaubern«, sagt Toni. Zum ersten Mal sieht er richtig verunsichert aus.

Musti tätschelt ihm die Schulter. »Machsu nix Sorgen, Alter. Gehssu noch mal Grundschule. Wird alles gut, glaubsu.«

27.

Von Tag zu Tag mache ich Fortschritte auf den Skiern. Weniger Knoten in Armen und Beinen, weniger blaue Flecke am Hintern, dafür mehr tolle Momente, in denen ich mich fühle wie ein Ski-Gott!

Bretter und Doppelbretter!

Das mit den Mädchen ist trotzdem frustrierend. Sie übersehen uns weiterhin komplett und schwärmen nur von Toni, Seppi und Jorgi.

Darum haben wir – also Musti, Spike, Mike und ich – nach ein paar Tagen echt schlechte Laune. Also wirklich grandcanyontiefe, kosmosschwarze, gewitterwolkendüstere schlechte Laune!

Eigentlich hatten wir uns ja vorgenommen, keinen weiteren Unsinn anzustellen. Wegen Mrs Ironfist und dem Polizeihubschrauber.

Jetzt aber ist klar, dass wir eben doch irgendeinen Mist machen müssen. Um unseren Frust abzulassen. Und um die Mädchen auf uns aufmerksam zu machen!

In Sachen Chaosstiften bin ich zum Glück Experte. Ich bin so etwas wie ein Diplom-Chaotologe. Eigentlich sollte ich jeden Abend nach der Tagesschau vor einer Chaoskarte stehen und den aktuellen Chaosbericht vorlesen. Egal. Jedenfalls habe ich sofort ein paar heiße Ideen auf Lager, was wir organisieren könnten. Und so machen wir uns in den folgenden drei Nächten an die Arbeit...

28.

Unsere erste Aktion sieht so aus: Am nächsten Morgen läuft der örtliche Schlepplift in ungefähr zehnfacher Geschwindigkeit. Führt dazu, dass er wie eine Ballmaschine beim Tennis die Skifahrer nach oben transportiert und sie dort in einem riesigen Bogen bis ins nächste Tal schleudert (was übrigens totalen Spaß macht – wir haben so ganz nebenbei eine neue Trendsportart erfunden: Schleuder-Lifting!).

Am übernächsten Morgen stehen Toni, Seppi und Jorgi wie angenagelt mitten auf der Piste, kommen nicht mehr vor und nicht zurück. Keine Saltos, keine Todespisten, keine tollkühnen Sprünge. Wie auch, wenn über Nacht ihre Skier mit Haarspray und Sekundenkleber behandelt wurden. Grins und Doppelgrins. Alle lachen sich über sie schlapp. Auch die Mädchen.

Die drei aber rauchen vor Wut und Toni brüllt: »Wenn i den erwisch, wo des getoan hot, dem werd i wos geign, dess der net mehr woaß, wie er haßt! Sakra!«

Und dann kommt der dritte Morgen. Unser Meisterstück! Als wir vor die Tür der Jugendherberge treten, leuchten alle umliegenden Pisten in den schillerndsten Farben – Rot, Grün, Blau, Gelb. Es ist, als hätte jemand die gesamten Berge mit einem riesigen Graffito überzogen ...

Kommt der Wahrheit sogar ziemlich nahe. Musti und ich haben über Nacht die Wassertanks der Schneekanonen mit wasserlöslicher Farbe befüllt. Als sich die Kanonen dann im Morgengrauen automatisch eingeschaltet haben, sind sämtliche Pisten in eine farbenfrohe Regenbogenlandschaft verwandelt worden! Wahnsinn und Doppelwahnsinn! Sogar die Nachrichten berichten darüber. Allerdings wird in dem Beitrag auch ein Polizist erwähnt, der dem Täter hundert Jahre Gefängnis androht. Schwitz und Doppelschwitz!

29.

Am Abschlussabend der Skifreizeit feiern wir eine gigantische Party. Das Haus ist inzwischen noch voller geworden, weil zwei weitere Klassen von einer Schule in Berlin dazugekommen sind. Die Party wird der Megaerfolg! Vor allem weil Toni, Seppi und Jorgi nicht kommen. Die können uns nicht mehr leiden, weil wir sie zu sehr ausgelacht haben. Gut so. Den Mädchen bleibt nichts anderes übrig, als sich endlich mit uns zu beschäftigen. Musti, Spike, Mike und ich tanzen und flirten wie die Weltmeister. Und viele der anderen Jungs genauso.

Dass sie die ganzen Chaos-Aktionen der vergangenen Tage uns zu verdanken haben, ahnen sie – und darum feiern sie uns wie wahre Helden! Wir sind stolz. Glüh und Doppelglüh!

30.

Die zehn Tage in den Bergen vergehen so schnell, als hätte jemand heimlich die Uhr auf doppeltes Tempo gestellt. Schade und Doppelschade.

Ich wäre echt gerne noch länger geblieben! Ich habe mich nämlich auf unserer Schneekanonen-Party in ein Mädchen verliebt. Sie heißt Saskia und sie ist einfach perfekt. Nett, hübsch, lustig. Voll meine Wellenlänge. Ihr einziger Fehler ist, dass sie in Berlin wohnt. Wir schwören uns zwar beim Abschied ewige Treue, aber eigentlich wissen wir beide, dass wir uns höchst wahrscheinlich nie wiedersehen werden.

Während der Rückfahrt nehmen Musti, Spike und Mike mal wieder den halben Zug auseinander. Angst vor Mrs Ironfist müssen sie nicht haben. Während eines Zwischenstopps haben sie sie mit einem Trick auf den Bahnsteig gelockt und da stand sie auch noch, als der Zug sich wieder in Bewegung setzte. Mrs Ironfist rannte schreiend und fluchend hinter dem Zug her, wünschte uns die Pest und die Cholera an den Hals, drohte uns mit dem elektrischen Stuhl und hundert Jahren Zwangsarbeit. Aber das nützte ihr alles gar nichts. Jetzt muss sie sich einen neuen Zug suchen, um nach Hause zu kommen.

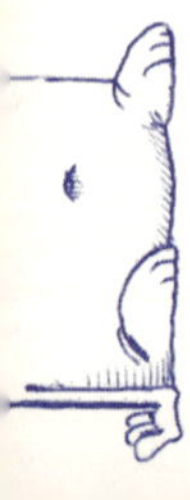

Ich bekomme das alles aber nur ganz am Rande mit. Ich sitze nämlich still und brav auf meinem Sitz, drücke das Gesicht an die Scheibe und denke an Saskia!

Seufz und Doppelseufz!

31.

Habt ihr schon mal jemanden getroffen, der Latein redet? Ich schon, meinen Lateinlehrer. Er heißt Gregor Lucius Matussek, trägt eine Fliege, eine viereckige Brille und einen alten, abgerissenen Anzug, der aus dem 19. Jahrhundert stammen dürfte.

Heute Morgen sage ich zu Herrn Matussek, dass er mich an *Old Georg* erinnern würde, diese Einsam-Schildkröte von den Galapagos-Inseln.

Old Georg ist das letzte lebende Exemplar dieser Schildkrötenart und mit ihm wird die Spezies aussterben. Und er, Herr Matussek, wäre doch irgendwie auch…

Ihr könnt euch vorstellen, dass *Old Matussek* das gar nicht lustig findet. Er sagt: »Felix, dafür bekommst du eine Sechs! Setzen!«

»Ich bekomme eine Sechs, weil ich Sie beleidigt habe?!«

»Nein, dafür bekommst du einen Eintrag ins Klassenbuch. Die Sechs ist dafür, dass du eigentlich einen Satz aus *De Bello Gallico* von Julius Cäsar übersetzen solltest und stattdessen über Schildkröten rumfaselst.«

»Julius wer?!«

Old Matussek kriegt daraufhin einen Kreislaufkoller. Aber mal ehrlich. Ich bin Pazifist. Was interessieren mich die Kriege von vor über 2000 Jahren?!

32.

Nach der Stunde will ich mich bei Matussek entschuldigen. Ich gehe also zu ihm hin und sage: »Hören Sie, Old Lucius, das war echt nicht so gemeint. Aber ich verstehe einfach nicht, warum wir unsere Energien für eine Sprache verschwenden sollen, die sowieso niemand mehr spricht. Das ist doch idiotisch.«

Er lächelt hintersinnig: »Kann sein, dass Latein im Moment eine tote Sprache ist. Aber wer weiß, ob das immer so bleibt.«

»Hää?«

»Na ja, wie du weißt, überlegen Wissenschaftler, ob sie mittels Gentechnik Dinosaurier oder andere ausgestorbene Tiere wieder zum Leben erwecken sollen. Vielleicht klonen sie ja auch eines Tages einen Römer. Und dann bist du der Held, wenn du Latein sprichst und dich mit ihm unterhalten kannst.«

Es fällt mir nicht leicht, es zuzugeben, aber dieses Rededuell habe ich verloren. *Old Matussek* hat eindeutig die Nase vorn.

»Eins zu eins unentschieden«, sage ich versöhnlich. Schließlich hatte ich mit der Schildkröten-Nummer vorgelegt.

Er grinst. »Einverstanden.«

33.

An diesem Abend überlege ich, dass es eigentlich eine ganze Menge alte, fast vergessene Sprachen gibt, die man sicherheitshalber lernen sollte. Falls die Wissenschaft Ernst macht mit dem Klonen.

Ich könnte zum Beispiel Neandertalisch lernen – falls sie einen Steinzeitmenschen zum Leben erwecken.

Oder vielleicht pauke ich besser Altägyptisch – falls ich zufällig der geklonten Kleopatra begegne.

Oder wie wäre es mit Aramäisch, falls zufällig der von Genforschern wiedererweckte Jesus vor mir steht?!

Oder Aztekisch? Sumerisch? Sanskrit? Babylonisch?

Dann fxällt mein Blick auf meine Schultasche, in der meine Latein-, Englisch- und Französischbücher verschimmeln. Mist und Doppelmist. Ich habe so schon mehr als genug zu tun. Muss unbedingt Vokabeln und Grammatik pauken. Sonst verwandele ich die eigentlich lebendigen Sprachen auch noch in tote Sprachen. Jedenfalls in meinem Kopf. Werde dann wegen Sprachmord angeklagt. Darauf steht die Höchststrafe: Sechs und Sitzenbleiben!

34.

Saskia und ich schreiben uns jeden Tag zwanzig SMS, zehn E-Mails und ab und zu sogar einen richtigen Brief. (Für diejenigen von euch, die nicht wissen, was das ist: Ein Brief ist eine auf Papier ausgedruckte E-Mail, die man in einen Umschlag steckt und mit der Post an den Empfänger schickt. Der Vorteil ist, dass man in den Umschlag kleine Aufmerksamkeiten dazutun kann – Rosenblätter, ein Papierherz oder ein Bild. Man fühlt sich dadurch echt miteinander verbunden. Ist cool.)

Im Laufe der Wochen werden die SMS seltener, die E-Mails versiegen und Briefe schreiben wir uns auch nicht mehr. Das ist zwar traurig, aber ganz schlimm ist es auch wieder nicht. So gut kannte ich Saskia ja gar nicht. Und Fernbeziehung scheint einfach nicht mein Ding zu sein.

Irgendwie ist es ja auch komisch, wenn ich immer nur an sie denke und gar nicht mehr an die Mädchen, die in meine Klasse gehen. Oder auf meine Schule. Oder die wenigstens in meiner Stadt wohnen!

Und das sind echt viele. Da ist bestimmt eine dabei, die mir gut gefällt.

Mein Dad hat mal gesagt: Jedes Ende ist der Anfang von etwas Neuem. Schätze mal, dass er recht hat. Seufz und Doppelseufz.

35.

Vertreibe mir die Zeit, indem ich weiter an meinem Comic arbeite. Schließlich will ich später mal Comiczeichner werden. Weltberühmter Comiczeichner!

Die Hauptfigur, die ich entwickelt habe, heißt *Itazura-Man* und ist gleichzeitig ein Nerd und ein Superheld. Er hat ständig mit fiesen Gegnern zu tun, die seine Heimatstadt, Hamber-City, ins Chaos stürzen.

Da ist zum Beispiel der Frenchinator, ein als Französisch-Lehrer getarntes Spinnenwesen, das Schüler einspinnt und zu Hause mit stundenlangen Vokabeltests quält.

Übel ist auch Pocketo, ein Wesen, das sich von Geldscheinen ernährt, vorzugsweise von Taschengeld.

Und ganz fies ist Mad Mörkel, eine außerirdische Lebensform mit Topffrisur, die ganze Länder und Völker in ihre Gewalt bringt. Sie hat um sich das *Kabinett des Grauens* versammelt, eine Ansammlung von Superschurken, die die Menschen mit den fiesesten Waffen fertigmachen.

Während Itazura diese Schurken bekämpft, stiftet er meistens selbst ein noch größeres Chaos als seine Feinde. Natürlich nur aus Versehen, aber das macht es nicht unbedingt besser. Darum sind die Einwohner von Hamber-

City eigentlich ganz froh, wenn Itazura sich nicht blicken lässt und die Polizei ungestört ihrer Arbeit nachgehen kann.

Aber ein Superheld hat nun mal ein Recht auf coole Aktionen. Außerdem gibt es da noch *The Face,* den wichtigsten Gegenspieler von Itazura. Der sieht unglaublich gut aus und schleppt ständig neue Girls ab, aber hinter der Maske verbirgt sich ein Monster mit Krallenhänden, Schuppenhaut und einer meterlangen Chamäleon-Geschoss-Zunge, mit der er seine Beute fängt. *The Face* hat entfernte Ähnlichkeit mit Robert Maschmann, dem bestaussehenden Jungen auf meiner Schule. Aber diese Ähnlichkeit ist natürlich reiner Zufall. Schwör und Doppelschwör!

The Face hat es vor allem auf Ninuko Kawamura abgesehen, die Tochter des Trilliardärs Will Waits. Eigentlich ist Ninuko in Itazura verliebt, aber *The Face* entführt sie ständig. Itazura muss sie also retten und danach liegt immer mal die eine oder andere Großstadt in Trümmern, aber was soll's. Wo gehobelt wird, da fallen Späne. Das gilt besonders für Superhelden.

Das zweite Problem ist, dass Itazura seine geliebte Ninuko immer mal wieder fallen lässt, während er mit ihr durch die Luft fliegt. Oder er lässt ein Hochhaus über ihr zusammenstürzen oder sorgt dafür, dass das Schiff untergeht, auf dem

sie gerade steht… danach muss er sich immer tausendmal bei Ninuko entschuldigen. Sie ist dann meistens ein paar Tage beleidigt und redet nicht mit ihm, aber am Ende verzeiht sie ihm immer! Ende gut, alles gut.

Alles in allem bin ich zufrieden mit dem Fortschritt meiner Serie. Bald dürfte der erste Band fertig sein und dann muss ich einen Verlag suchen. Am liebsten würde ich meinen Comic natürlich bei Marvel veröffentlichen, dem legendären Comicverlag aus New York. Aber dann müsste ich ihn wahrscheinlich auf Englisch schreiben. Und das setzt voraus, dass ich Englisch kann – was wiederum bedeuten würde, dass ich meine Zeit nicht mit Comiczeichnen, sondern mit Vokabellernen verbringen müsste.

Auf jeden Fall bin ich fest davon überzeugt, dass *Itazura-Man* ein voller Erfolg wird. Denn mal ehrlich, es ist höchste Zeit für eine neue Generation von Superheros. Superman, Batman und Spidy sind allmählich reif für die Rente. Ich meine, die sind doch echt schon uralt. Wer will denn bitte schön lesen, wie Superman mit seinem Rollator hinter Lex Luthor herhumpelt, während der am Gehstock bettlägerige Greisinnen überfällt?!

It's time for a change.
It's time für *Itazura-Man!*

36.

Ich weiß gar nicht, ob ich überhaupt eine Freundin haben will. Hat nämlich auch Nachteile, so eine Beziehung. Das kann ich jeden Tag bei Jack Russel beobachten. Meine Schwester hat seit Neuestem einen Freund und es ist schon ziemlich seltsam, was bei denen so abgeht.

Nicht falsch verstehen. Ich habe überhaupt nichts dagegen, dass Jack Russel verliebt ist und mit jemandem zusammen ist. Im Gegenteil, ich freue mich, wenn ein anderer unter ihren Macken leiden muss und nicht immer ich alles abkriege.

Das Problem ist nur, dass der Typ, den sie sich ausgesucht hat, echt gar nicht geht! Es fängt schon beim Namen an: Rigobert von Thusendorf. Mal ehrlich, wenn man so heißt, muss man doch Eremit in der Wüste werden, nur damit man nie Gefahr läuft, mit seinem Namen angesprochen zu werden.

Rigobert ist genauso alt wie ich, benimmt sich aber wie ein aufgeblasener englischer Lord, und das nur, weil seine Vorfahren irgendwann vor tausend Jahren oder so mal ein Schloss in Ostpreußen hatten. Das Schlimme ist, dass Rigobert von seinen Eltern auch so viel Taschengeld bekommt wie ein aufgeblasener englischer Lord.

Tausend Euro oder so. Pro Woche. Vermute ich jetzt mal.

Jedenfalls bringt er meiner Schwester ständig Geschenke mit, wenn er zu Besuch kommt. Einen Blumenstrauß, einen MP3-Player, ein gerahmtes Ölgemälde mit einer holländischen Landschaft drauf. (Ich habe natürlich nichts Besseres zu tun, als das Bild noch in der gleichen Nacht mit meinen Spraydosen zu bearbeiten. Jack Russel rastet am nächsten Morgen total aus und faselt etwas davon, dass das Bild ein echter Rembrandt gewesen sei usw.… Jaja, träum weiter, Schwesterchen. Dann wäre es schließlich ein Vermögen wert. Gewesen. Äh…)

37.

Rigobert von Thusendorf ist auf die seltsame Idee gekommen, sich mit mir gut verstehen zu wollen. Stöhn und Doppelstöhn!

Wenn er Jack Russel besucht, kommt er immer auch in mein Zimmer und will sich mit mir über Hiphop, Basketball oder Graffiti-Kunst unterhalten. Alles Dinge, von denen er nicht die geringste Ahnung hat.

Einmal, als zufällig gerade Musti da ist, stolpert Rigobert in mein Zimmer. Musti sieht grinsend hoch und sagt: »Was geht, Alter.«

Rigobert, der in Sachen Sprache das Gegenteil von Musti ist, sagt: »Danke der Nachfrage, Gentleman. Mein Befinden ist ausgezeichnet.«

Musti kotzt fast vor Lachen. »Ey, Dude, hassu Stock verschluckt oder wie? Machsu dich locker!«

»Ich bin durchaus gelöst, Herr Mustafa. Eine aufrechte Körperhaltung ist gut für das Befinden wie auch die Wirkung auf andere Mitmenschen.«

»Glaubssu, Dicker.«

»Durchaus. Haben die Herren etwas dagegen, wenn ich mich zu ihnen setze? Vielleicht könnten wir ein wenig Konversation über die neuesten Spielergebnis-

se der *National Basketball Association*, kurz NBA, führen.«

Musti wird langsam ungeduldig. »Mann, Dicker. Verstopf mir nicht die Ohren mit deinen gestelzten Sätzen.«

Rigobert lächelt. »Ich werde mich bemühen, Gentleman.«

»Ich kack ab«, sagt Musti und lässt sich rückwärts auf mein Bett fallen.

Die Sache ist die, dass Musti und ich an diesem Abend sprayen gehen wollen. Aber der Lord denkt einfach nicht dran, sich zu verziehen. Was tun? Sollen wir ihn fesseln und aus dem Fenster werfen? Oder ihm K.O.-Tropfen geben und ihn unter dem Bett verstauen?

Ich habe eine bessere Idee. »Hör zu, Lord Thusendorf. Musti und ich gehen jetzt sprayen. Lust, mitzumachen?«

Musti starrt mich überrascht an. »Moment, Alter. Willssu mitnehmen den Karnevalsprinzen da?«

»Klar, warum nicht?«

Rigobert strahlt vor Freude. »Gentlemen! Es wäre mir eine Freude, Sie bei Ihrem verwegenen Abenteuer zu begleiten! Und auch der illegale Farbauftrag auf öffentlichem Gemäuer ist ein Vorhaben ganz nach meinem Geschmack.«

Musti feixt. »Yo, Alter. Kommssu mit, is okay. Aber mussu normal reden, sonst bissu Schmerz in meinem Hirn. Checko?!«

Der Lord schüttelt bedauernd den Kopf. »Tut mir leid, Gentlemen. Es ist mir in die

Wiege gelegt worden, mich gewählt auszudrücken. Aber gestatte mir die Bemerkung, ehrenwerter Mustafa, dass auch deine Wortwahl durchaus ungewöhnlich ist.«

»Yo, hassu rech.«

»Nun, dann soll jeder nach seiner Fasson glücklich werden.«

»Ach, leck mich, Dicker. Bist in Ordnung.«

Stimmt, denke ich. Der Lord ist zwar schräg, aber so verkehrt ist er auch wieder nicht.

Grins und Doppelgrins!

38.

Die Spray-Aktion mit Rigobert wird lustiger, als wir es erwartet haben.

Während Musti und ich ein paar Hausfassaden mit unseren Tags verzieren, steht Rigobert von Thusendorf vor einer Backsteinmauer, hält seine Farbsprühdose mit spitzen Fingern in die Luft und zaubert schließlich ein Porträt von Friedrich, dem großen Preußenkönig, an die Wand.

Und zwar richtig geilstes Könner-Format! Ehrlich, der Lord hat maltechnisch echt was auf dem Kasten. Klar, das Motiv ist ziemlich *old school.* Aber die Umsetzung ist voll Guggenheim.

Der Lord hat sein Bild gerade fertiggestellt, als wir irgendwo in der Ferne eine Polizeisirene hören. Mist und Doppelmist! Wir sind aufgeflogen.

Während ich schleunigst unser Equipment verschwinden lasse, sagt Musti zu Rigobert: »Mussu lernen Lektion Nummer zwei für Graffiti-Künstler: Gut sprayen ist gut, schnell laufen ist besser.«

Das sagt der Richtige, denke ich grinsend. Denn Musti mit seiner Walfisch-Figur ist selbst nicht gerade der Speed-Master. Aber dafür hat er feine Antennen dafür, wann es Zeit ist, sich dünne zu machen.

Der Lord aber bleibt stehen und sieht sich ängstlich um. »Verstehe ich es richtig, Gentlemen, dass die Ordnungshüter uns ins Visier genommen haben? Möglicherweise in der Absicht, uns einer Verhaftung zuzuführen?«

»So sieht's aus, Lord. Darum lass uns verschwinden. Es sei denn, du willst mit Blaulicht nach Hause gebracht werden«, erkläre ich grinsend.

Rigobert schüttelt den Kopf. »Verstehe. Daher schlage ich vor, dass wir nun gemeinsam Fersengeld geben.«

Daraufhin spurtet er davon, und zwar in einer affenartigen Geschwindigkeit, die wir ihm gar nicht zugetraut hätten.

Nach diesem Abend hat Rigobert übrigens endlich das, was ihm bisher gefehlt hat. Einen Spitznamen. Er heißt ab sofort bei Musti und mir Lord Fersengeld.

39.

Musti, ich und Lord Fersengeld verstehen uns nach unserer gemeinsamen Spray-Aktion echt gut.

Liegt auch daran, dass der Lord irgendwie nicht mehr derselbe ist. Er ist voll auf den Sprayer-Geschmack gekommen und zieht nun nachts regelmäßig los, um seine Paints auf Mauern und Häusern zu hinterlassen.

Nach ein paar Wochen berichtet sogar die Zeitung über ihn oder besser gesagt über einen unbekannten, aber talentierten Sprayer, bei dem sich die Hausbesitzer freuen, wenn er Hand angelegt hat. Schließlich ist Rigobert wirklich ungewöhnlich. Statt irgendwelche Tags und Pieces zu sprühen, überträgt er Motive von klassischen Gemälden auf die Wände. Die Mona Lisa von da Vinci, die betenden Hände von Dürer, die Sonnenblumen von van Gogh. Alles im Metallic-Graffiti-Streetart-Style. Und er signiert seine Werke mit *Lord!*

Staun und Doppelstaun. Musti und ich haben, ohne es zu wollen, einem echten Künstler zum Durchbruch verholfen!

40.

Ich bin wieder verliebt. Schmacht und Doppelschmacht! Und wie es der Zufall will, sind Musti, Mike und Spike auch gerade verliebt.

Das einzig Blöde ist: Wir sind alle in dasselbe Mädchen verknallt.

Ich weiß wirklich nicht, wie unsere Freundschaft das überleben soll. Grübel und Doppelgrübel!

Das Mädchen, um das es geht, heißt Marina. Sie ist wirklich das hotteste Girl auf dem ganzen Planeten (und vermutlich auch auf allen anderen Planeten. Und auf unserer Schule sowieso). Keine Ahnung, wo sie auf einmal hergekommen ist! War sie schon immer da und wir konnten sie aufgrund eines paranormalen Phänomens nur nicht sehen? Und jetzt ist sie plötzlich sichtbar geworden?

Mädchen sind einfach rätselhaft. Wie ein besonders kompliziertes Sudoku. Nur dass du bei einem Sudoku im Internet die Lösung googeln kannst. Geht bei Mädchen nicht. Echt blöd.

Aber egal. Jedenfalls hat Marina lange dunkelblonde Haare, eine Figur wie ein Topmodel, Augen wie Sterne, eine Nase wie frisch operiert und sinnliche Lippen wie Scarlett Johansson.

Aber jetzt kommt der Hammer: Sie ist außerdem total nett. Ihr sagt, das gibt es nicht. Mädchen sind entweder SCHÖN oder NETT.

Ätsch und Doppelätsch! Gibt es doch. Marina eben. Ungelogen. Man kann super mit ihr quatschen! Und sie hat Humor! Und wenn man ihr einen Witz erzählt, erklingt eine dreckige Lache wie bei einem betrunkenen Seemann, was bei einem superlooking Girl wie ihr einfach total sexy ist.

Love und Doppellove!

41.

Bin wegen der Marina-Sache alles andere als gut drauf. Jetzt mal angenommen, es gelingt mir, sie für mich zu gewinnen. Dann wäre ich glücklich, klar. Aber was nützt mir das, wenn ich dadurch gleichzeitig meine besten Freunde verliere?! Weil ich die dann schließlich unglücklich machen würde. Sind ja auch alle in Marina verliebt.

Vielleicht sollten wir Marina einfach vierteilen. Und jeder bekommt einen Arm oder ein Bein? Oder den Kopf? Oder … was weiß ich.

Oder wir sollten sie nach Wochentagen aufteilen und an den Wochenenden wechseln wir uns ab?

Oder wir erfinden einfach ein neues Beziehungsmodell und sind alle gleichzeitig mit ihr zusammen?

Ich weiß es einfach nicht. Und Musti, Spike und Mike wissen es auch nicht.

Problem und Doppelproblem!

42.

Musti, Mike, Spike und ich sitzen wegen der Marina-Sache nebeneinander auf einer Mauer und seufzen.

Seufz.

Doppelseufz!

Dreifachseufz!

Schließlich steht Mike auf, tigert vor uns auf und ab und sagt: »So geht es nicht weiter. Wir müssen etwas unternehmen! Es ist zwar blöd, wenn nur einer von uns mit ihr glücklich wird. Aber wenn wir alle vier unglücklich sind, ist das doch noch blöder!«

Musti und ich geben ihm recht, aber Spike grinst (wie immer) und sagt: »Gute Idee, Mike. Ich weiß auch schon, was ihr unternehmen könnt, ihr drei. Verzichtet auf Ma-

rina! Dann kann ich mit ihr zusammen sein und alles ist in bester Ordnung.«

An dieser Stelle folgt ein ziemlich hässlicher Streit. In Kurzform klingt der so: Eyduschwachkopfseiruhigoderichmachdichplattversuchsdochjamachichauchdumaulhelddiewilldichsowiesonichthabendustinklappenselberstinklappenkotzgesichtarschbackemaulwurfquälersagdasnochmalgernemaulwurfquälerdubisteinfacheinschwachkopf!

Irgendwann wird es mir zu bunt. Ich explodiere. »Hören wir endlich auf, uns zu streiten. Wie bescheuert ist das denn, dass wir uns fetzen, obwohl wir gar nicht wissen, ob Marina überhaupt einen von uns mag.«

Musti, Spike und Mike sehen mich überrascht an. Dann sagt Musti: »Was redessu, Alter? Natürlich mag sie uns! Sind wir cool.«

»Träum weiter, Musti. Du bist nicht cool«, sagt Spike.

»Deine Worte ist wie Klang von Klospülung für mein Ohr, Alter!«

»Da hat er recht«, sagt Mike.

An dieser Stelle folgt der nächste hässliche Streit, aber die Einzelheiten erspare ich euch.

Am Ende haben wir doch eine gute Idee. Ja, so könnte es klappen. Wir bleiben Freunde und mindestens einer von uns wird der glücklichste Mann des Universums.

Am nächsten Tag erzählen wir Marina von unserer genialen Idee. Und zu unserer Überraschung ist sie sogar einverstanden – auch wenn sie sich erst mal über uns totlacht. (Es klingt wie ein richtig total megablötsch-betrunkener Seemann. Aber so ist sie halt).

Das ist der Plan: Wir werden mit Marina so eine Art »Der Bachelor« spielen. Nur dass sie eben die Bacheleuse ist.

Jeder von uns bekommt an den folgenden vier Samstagen ein exklusives Date mit ihr. Wenn es ihr gefällt, überreicht sie demjenigen eine Rose. Und am Ende darf Marina dann aussuchen, mit wem von uns sie zusammen sein möchte.

43.

Das erste Date mit Marina hat Mike. Es ist ein kniffeliger Fall, weil Mike nicht unbedingt ein Mädchen-Typ ist. Er ist klein, schmächtig und er hat Angst davor, dass die Mädchen ihn für einen Nerd halten, weil er einfach zu klug ist.

Deswegen stellt er sich ab und zu extra doof, wenn er es auf ein Mädchen abgesehen hat. Aber das ist auch keine gute Idee – auf doofe Jungs stehen Mädchen nämlich auch nicht. (Ich sag's ja, sie sind ein Rätsel ...)

Mike überlegt sich folgende Lösung: Er verstellt sich nicht, sondern gibt sich einfach, wie er wirklich ist. Und er wird versuchen, seine Stärken auszuspielen. (Wir anderen drücken ihm dabei die Daumen. Obwohl wir Konkurrenten sind, halten wir natürlich zusammen.)

Mike führt Marina an seinem Date-Abend ins Planetarium, wo es einen Sternenabend mit klassischer Musik gibt. Die perfekte Mischung. Mike ist Hobby-Astronom und kennt sich voll gut mit der Sternensuppe da oben aus. (Anders als Spike weiß er zum Beispiel, dass die Milchstra-

ße nicht aus Milch besteht, dass man Schwarze Löcher nicht putzen kann, um sie zu weißen Löchern zu machen, und dass man mit einem Radioteleskop nicht die Musik von Außerirdischen hören kann.)

Außerdem spielt Mike seit seinem sechsten Lebensjahr Geige und kennt, anders als wir anderen, den Unterschied zwischen Brahms, Bartok und Beethoven!

Wir sind uns darum sicher, dass Marina Mike einfach toll finden muss. Sein Date mit ihr ist spannend, lehrreich und auch noch romantisch!

Wie sollen wir anderen das jemals wettmachen?!

Tatsache: Als wir Mike am nächsten Tag treffen, grinst er wie eine musikalische Supernova. Marina hat ihm am Ende des Abends eine Rose überreicht.

44.

Das zweite Date mit Marina hat Musti. Auch er grübelt endlos darüber nach, was er mit ihr unternehmen könnte. Am Ende hat er eine tolle Idee.

Dazu muss man wissen, dass Musti eine riesige Familie hat, die Ködölötöfös. Ich glaube, dass es in der Türkei ganze Städte gibt, die nur aus Cousins und Cousinen von Musti bestehen. Und auch hier in Deutschland gibt es jede Menge Ködölötöfös. Selbstverständlich helfen sie Musti bei seinem Date. Und so sorgt eine ganze Armee von Leuten dafür, dass der Abend ein voller Erfolg wird.

Cousin Nr. 5 betreibt eine Autovermietung und stellt Musti eine Stretch-Limousine zur Verfügung, mit der er Marina abholt.

Cousine Nr. 19 hat ein Modegeschäft, wo Marina sich für den Abend ein superelegantes Abendkleid ausleihen darf.

Cousine Nr. 27 ist Juwelierin und behängt Marina mit kostbarem Gold- und Diamantschmuck.

Cousin Nr. 34 ist Besitzer eines Spezialitätenrestaurants, in dem Musti und Marina ein Fünfsterne-Luxus-Menü bekommen.

Die Cousins 42–58 spielen zusammen in einer Bozlak-Band, die den beiden während des Essens ein Ständchen bringt.

Cousin 64 ist Bootsbesitzer und macht mit ihnen nach dem Dinner eine romantische Nachtfahrt, während die Cousinen Nr. 14, 54 und 89 sie mit einer Bauchtanzeinlage unterhalten.

Und schließlich besuchen sie Cousin Nr. 73, der eine Disco betreibt, wo sie tanzen und mit allerlei Promis im VIP-Bereich rumhängen dürfen.

Ach ja, und Cousin 38 ist Filmproduzent und begleitet die beiden während des ganzen Abends mit einem Kamerateam. Das Ganze wird zu einem super Video zusammengeschnitten, das Musti Marina als Erinnerung schenkt.

Kein Wunder, dass Musti am nächsten Tag mit einer Rose winkt. Dazu erklärt er uns: »Checkers, sagt ihr ab eure Dates mit Marina. Bin ich Date-König, ist sie jetzt voll verliebt in mich.«

»Hat sie das gesagt?«, frage ich.

Musti schüttelt den Kopf. »Nein. Hat gesagt, ich soll nicht so viel essen. Weil in Stretch-Limousine von Cousin Nr. 5 gibt es eingebaute Döner-Grill, wo ich unterwegs gegessen habe. Aber ist egal. Habisch Rose bekommen.«

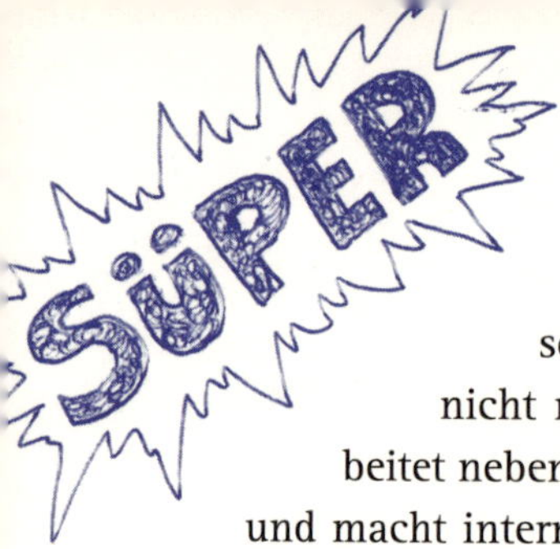

Bevor ihr das jetzt missversteht – Musti ist nicht wirklich so. Das heißt, doch, er ist so. Aber eben nicht nur. Er ist mein bester Freund. Er arbeitet neben der Schule in der Firma seines Vaters und macht internationale Deals mit Geschäftspartnern aus Japan, Dubai und Südamerika. Er spricht fließend Deutsch, Türkisch und Englisch. Ich bin mir sicher, dass er das so ganz nebenbei auch Marina gegenüber erwähnt hat.

Aber er hat ihr bestimmt auch erzählt, dass er eigentlich von einer Karriere als Rapper träumt.

Ich kann nur hoffen, dass er nicht versucht hat, ihr etwas vorzurappen. Er ist nämlich wirklich schlecht. Wenn er jemals berühmt werden sollte, dann nur, weil er irgendeinen Gangnam-Trash produziert, bei dem die Leute nicht wissen, ob das cool oder Comedy ist.

45.

Das dritte Date mit Marina hat Spike. Wir sind gespannt darauf, was er sich einfallen lässt. Spike ist normalerweise nicht gerade erfinderisch, weil es ihm viel zu anstrengend ist, sich etwas einfallen zu lassen.

Als wir ihn danach fragen, zuckt er nur mit den Schultern und sagt: »Ihr wollt wissen, was ich mit Marina mache? Na, gar nichts. Die kann bei mir vorbeikommen und dann hängen wir ab und gucken Fernsehen. Ich bin nicht so blöd wie ihr und verrenke mich, nur um sie zu beeindrucken. Die soll ja nicht toll finden, was ich alles mache, sondern die soll toll finden, wie ich bin.«

»Willsu Mädchen, mussu Mühe geben«, entgegnet Musti.

»Jedenfalls am Anfang«, sage ich.

»Und am besten später auch noch«, sagt Mike.

Spike grinst. »Kann sein. Ist mir egal.«

Am Ende wird sein Date mit

Marina übrigens doch nicht so schnarchig. Die beiden hängen zwar erst rum, streifen dann aber doch gemeinsam durch die Stadt. Mike stellt ihr seinen jamaikanischen Freund Louis Jamal Kingston vor, der Marina ein paar astreine Dreadlocks verpasst. Dann latschen sie durch eine Shopping-Mall und besuchen am Schluss einen anderen Freund von Spike, der gerade mit seiner Band probt. Spike schnappt sich eine Gitarre und singt für Marina einen astreinen Love-Song. Weil er einsieht, dass wir anderen eben doch recht haben. Willsu Mädchen, mussu Mühe geben.

Alles in allem wird es also ein gelungener Abend. Eine Rose hat Spike trotzdem nicht. Marina hat ihm zwar eine gegeben, aber er hat sie irgendwo verloren.

46. MARINA

Es ist so weit. Mein Abend mit Marina ist gekommen! Ich habe mir drei Wochen den Kopf darüber zerbrochen, wie ich Marina für mich gewinnen kann. Ich glaube, am Ende habe ich den perfekten Plan ausgetüftelt.

Ich werde Marina erst zum Essen einladen, dann gehe ich mit ihr in die Oper, in der Pause führe ich sie backstage (weil eine Freundin meiner Mom in der Oper arbeitet) und danach werde ich sie total romantisch in eine Cocktailbar einladen... Anschließend gehe ich mit ihr tanzen, um sie dann – der Hammer! – mit einer Pferdekutsche nach Hause zu bringen (Lord Fersengeld hilft mir dabei, seine Familie hat Pferde)!

Es gibt da nur leider etwas, was ich nicht bedacht habe: Ich bin Felix Rohrbach. Mein zweiter Name ist *Problemi-nator,* ich wurde im Sternzeichen des Super-Chaoten geboren und mein größtes Talent besteht darin, dass alles, was ich anfange, garantiert schiefgeht.

Natürlich ist das auch bei meinem Date mit Marina so. Es geht damit los, dass Marina und ich bei der Fahrt in die Oper beim Schwarzfahren erwischt werden – weil ich es vor lauter Nervosität versäumt habe, Fahrkarten für uns zu kaufen. Da keiner von uns einen Ausweis dabeihat, werden wir mit einem Polizeiwagen zurück nach Hause gebracht. Mist und Doppelmist. Das fängt ja toll an.

Danach bringt meine Mom uns im Auto zur Oper. Aber es ist natürlich zu spät. Die Vorstellung hat schon angefangen und wir werden nicht mehr reingelassen.

Marina und ich stehen vor der Oper und es fängt an, in Strömen zu regnen. Marina, die sich toll zurechtgemacht hat, sieht aus wie eine Zimmerpflanze, die zu stark gegossen worden ist. Und ich sehe aus wie ein Stück Seetang in einer Meeresströmung.

Wir flüchten uns in die U-Bahn. Aber leider ist wegen des Regens Stromausfall, sodass gar keine U-Bahn fährt. Da wir nicht zurück in den Regen wollen, schlage ich Marina vor, einfach zu Fuß durch den U-Bahn-Tunnel zu gehen. Das findet sie cool.

Wir stolpern also pitschnass durch den pechschwarzen U-Bahn-Tunnel. Auf einmal hören

wir eine seltsame Stimme: »Halt, stehen bleiben. Ihr dürft hier nicht langgehen!«

Hilfe, schon wieder die Polizei, denke ich.

Es ist aber gar nicht die Polizei, sondern ein Obdachloser, der in Lumpen gehüllt ist. Er riecht, als würde er morgens mit Abwasser duschen und als Deo das neue *Axe Mülltonne* benutzen.

Erst bei näherem Hinsehen merken wir, dass der Penner nicht viel älter ist als wir. Außerdem ist er ganz in Ordnung. Als er sieht, dass wir nass und durchgefroren sind, lädt er uns zu sich nach Hause ein.

Das Zuhause des Penners ist ein verlassener Versorgungstrakt der U-Bahn. Verdammt, nicht gerade die Glamour-Umgebung, die ich mir für meinen Abend mit Marina vorgestellt habe. Sie sieht dann auch ziemlich skeptisch aus. Mal abgesehen davon, dass sie Angst hat. Klar, ist ja auch nicht gerade eine vertrauenerweckende Umgebung!

In der muffigen Betonkammer, die wir betreten, befinden sich noch fünf andere Streetkids. Überraschenderweise kenne ich einen von ihnen von meinen Sprayaktionen. Er heißt Chorizo und ist sehr nett. Als er checkt, dass ich *FLIX2* bin, also auch ein Sprayer, wird die Stimmung lockerer. Auch die anderen Kids begrüßen uns und laden uns zum Essen ein, sie sind nämlich gerade dabei, eine Art unterirdisches Barbecue zu veranstalten. Sie haben in einem Ölfass ein Feuer gemacht und grillen Steaks und Chicken-Wings. Nach dem Essen wollen sie sprayen gehen und Chorizo fragt mich, ob wir nicht mitkommen wollen. Ich sage, dass wir andere Pläne

haben, aber Marina sagt: »Total cool, Felix! Bitte, lass uns sprayen gehen. Das habe ich noch nie gemacht!«

»Okay, wenn du willst.«

Insgeheim ärgere ich mich natürlich schwarz. Jetzt kann ich meinen tollen Plan endgültig vergessen.

Wir arbeiten uns mit den Streetkids durch die U-Bahntunnel, bis wir eine abgestellte Bahn finden. Die verzieren wir mit allerlei Tags und Pieces. Marina ist voll begeistert, lacht und sprüht wie eine Verrückte.

Wow, vielleicht ist der Abend ja doch noch nicht ganz im Eimer!

Plötzlich hören wir eine Trillerpfeife, Hundegebell und eine wütende Stimme: »Endlich habe ich euch erwischt! Los, bleibt stehen, ihr seid verhaftet. Das wird teuer werden, das verspreche ich euch!«

Der Kegel einer starken Taschenlampe richtet sich auf Marina und mich. Chorizo und die anderen Streetkids sind längst abgehauen.

»Nichts wie weg«, sage ich zu Marina.

»Zu spät«, sagt sie.

»Es ist nie zu spät.«

Wir lassen alles stehen und liegen und rennen über eine

rostige Metalltreppe nach oben. Der Sheriff mit seinem Köter kommt hinter uns her, ist aber zu lahm. Es riecht nach Abwasser, weil wir in der Kanalisation gelandet sind. Über uns sehe ich ein Licht funkeln. Wir klettern noch weiter nach oben, schieben einen Gullideckel zur Seite und gelangen ins Freie.

»Geschafft. Wir haben ihn abgehängt«, sage ich erleichtert.

»Boa, das war knapp«, sagt Marina, die immer noch total außer Atem ist.

Ich hoffe, dass wenigstens der letzte Teil meines Plans nun funktioniert. Wir schlendern in Richtung der Cocktailbar. Aber dann rattert ein riesiger Lastwagen an uns vorbei. Direkt neben uns ist eine Pfütze, die sich wie ein Tsunami über uns ergießt. Wir sind wieder nass und nun auch noch total dreckig.

Schlotter und Doppelschlotter!

Frustriert rufe ich über mein Handy Lord Fersengeld

an, aber der sagt mir, dass sein Vater ihm verboten hätte, mit der Kutsche in die Stadt zu kommen. Weil das halt verboten wäre.

Inzwischen ist es total spät geworden. Wir gehen zu Fuß nach Hause. Es fängt wieder an zu regnen. Marina zittert vor Kälte. Ich gebe ihr meine Jacke, weshalb ich dann anfange zu zittern.

Morgen werden wir vermutlich beide Lungenentzündung, Grippe und abgefrorene Beine, Arme und Köpfe haben.

Ich muss es einfach einsehen! Ein Chaot wie ich kann ein Supergirl wie Marina nicht zu einem Date einladen. Weil einfach alles schiefgeht! Es kann gar nicht gut gehen.

Ich bringe Marina bis vor ihre Haustür. Dort verabschieden wir uns. Ich lasse den Kopf hängen und sage: »Tut mir leid. Aber so bin ich einfach. Das Einzige, was bei mir absolut sicher ist, ist, dass nichts klappt.«

Marina lacht und hält mir eine Rose hin. »Die ist für dich. Das war ein total toller Abend, Felix. Mal ehrlich. In die Oper gehen, Cocktails trinken und tanzen – das kann ich mit jedem. Aber so ein Polizei-Chaos-Sprayer-Abenteuer, das kann ich nur mit dir erleben! Danke! Ich werde das nie vergessen.«

Dann drückt sie mir einen Kuss auf die Wange! Glüh und Doppelglüh. Ich kriege doch keine Lungenentzündung, weil ich auf der Stelle an einer Herzattacke sterbe. Einen Kuss von einem Mädchen wie Marina zu bekommen, ist viel zu aufregend für meine zarten Nerven!

47.

Es ist der Tag des großen Finales. Spike, Mike, Musti und ich treffen uns mit Marina, damit sie bekannt gibt, wer das beste Date arrangiert hat. Und in wen sie sich verliebt hat.

Wir versammeln uns bei Spike zu Hause. Sein Zimmer ist genauso unordentlich wie meins. Allerdings räume ich immer auf, wenn Besuch kommt. Spike nicht.

Als schließlich jeder von uns inmitten des Chaos einen Platz gefunden hat, sagt Marina: »Jedes Date war auf seine Art total super! Ich danke euch. Allerdings bin ich in keinen von euch verliebt.«

»Oh!«, sagt Musti.

»Oh!«, sagt Mike.

»Oh!«, sage ich.

»Bist du sicher?«, fragt Spike.

Marina nickt. »Tut mir echt leid. Aber wenn ihr nichts dagegen habt, würde ich trotzdem gerne ab und zu mit euch abhängen und Spaß haben. Ist das in Ordnung?«

»Ja klar«, sage ich.

»Machsu«, sagt Musti.

»Gerne«, sagt Mike.

Spike grinst und sagt: »Unsinn! Natürlich bist du in mich verliebt, du hast es nur noch nicht gemerkt. Wie wäre es, wenn wir rummachen?!«

Marina lacht laut und dreckig wie ein betrunkener Seemann. »Nee, Spike, ich bin nicht verliebt und ich will auch nicht rummachen. Aber ich mag dich. Das ist doch auch schon mal was, oder?«

»Schade«, sagt Spike, findet sich aber damit ab.

Es wird ein echt witziger Abend. Marina ist schwer in Ordnung. Als sie schließlich nach Hause geht, bleiben wir anderen noch bei Spike.

Wir sitzen nebeneinander auf Spikes Bett, zupfen die Blätter von unseren Rosen (außer Spike, der hat seine ja verloren) und seufzen. Schade, dass sie in keinen von uns verliebt ist. Das wäre nämlich noch besser gewesen.

Seufz!

Doppelseufz!

Dreimalseufz!

48.

Warum ist das mit den Mädchen bloß so kompliziert?! Entweder sind sie nicht in mich verliebt oder ich bin nicht in sie verliebt. Oder es funktioniert aus irgendwelchen anderen Gründen nicht.

Frust und Doppelfrust! Wenn das so weitergeht, bin ich bald Rentner und habe immer noch keine neue Freundin gefunden!

Musti erzählt mir, dass in der Türkei oft die Eltern den Partner für ihre Kinder aussuchen. Und im Internet finde ich heraus, dass das auch in Japan, in Afrika und bis vor hundert Jahren sogar in Deutschland üblich war.

Eigentlich gar keine schlechte Idee! Wieso soll ich mich abstrampeln, wenn den Job auch Mom und Dad übernehmen können!

Als wir abends beim Essen sitzen, sage ich: »Mom! Dad! Ich habe eine Bitte an euch.«

»Was denn, Schätzchen?«, fragt meine Mutter.

»Könnt ihr bitte eine Freundin für mich aussuchen? Irgendeine, ganz egal. Also klar, sie muss schön, nett und klug sein. Reich wäre auch nicht schlecht. Ihre Eltern

sollten einen Ferrari oder einen SUV haben. Und sie sollte sich für Basketball und Hiphop interessieren. Aber ansonsten habt ihr freie Auswahl.«

Jack Russel, meine Schwester, kriegt augenblicklich einen Hirnkrampf und rutscht gurgelnd unter den Tisch. »Das Mädchen müsste blind, taub und nasenlos sein, um es mit Felix auszuhalten.«

Meine Eltern überhören ihre Gemeinheit und sehen mich irritiert an.

»Findest du nicht, du solltest dir selber ein Mädchen suchen?«, fragt meine Mom mit softer Stimme.

»Das ist ein wichtiger Schritt in der Entwicklung eines Jungen«, sagt mein Dad.

»Ja, schon. Aber ...«

»Vergesst es. Felix wird niemals die richtige Freundin finden. So ein Mädchen gibt es einfach nicht«, röchelt Jack Russel.

»Könnte sein. Aber ich bleibe lieber bis an mein Lebensende solo, als ein Mädchen wie dich zur Freundin zu haben, Jack Russel«, antworte ich nach unten.

»Wirst du sowieso, du Mädchenallergikum«, antwortet sie.

»Das musst du gerade sagen, du Anti-Jungs-Mittel«, antworte ich. Jack ist nicht mehr mit Lord Fersengeld zusammen. Sie findet, er ist mir zu ähnlich geworden.

»Du Kammerjägerbeute! Ich könnte mit jedem Jungen zusammen sein, wenn ich nur wollte.«

»Klar, du Amöbenfurz. Mit jedem Jungen, dem du viel Geld dafür bietest.«

Jack Russels Kopf taucht wieder über dem Tisch auf. »Mom! Dad! Sagt diesem denkbefreiten Pantoffeltierchen, dass es so nicht mit mir reden darf.«

»Mom! Dad! Ihr seid Zeuge, dass ich mit der Wiederkäuerin, die angeblich meine Schwester ist, nur so rede, wie sie es verdient hat.«

»Du menschlicher Badewannenschmutzrand!«, schreit sie los.

»Beutelrattenbeutelklauerin!«

»Hundesabberschlürfer!«

»Klositzableckerin!«

Plötzlich schlägt mein Dad mit der Faust auf den Tisch. Jack Russel und ich sind augenblicklich still. »Hört auf zu streiten, Kinder! Ihr habt ja recht, das mit der Liebe ist wirklich ein schwieriges Kapitel. Aber wenn man euch so

zuhört, dann wundert es mich nicht, dass ihr beide keinen Freund und keine Freundin habt. Versucht doch einfach mal, nett zu sein! Und das könnt ihr miteinander üben!«

Ich sehe meinen Vater erstaunt an. Dann sage ich versöhnlich: »Du hast recht, Dad. Außerdem bin ich Jack Russel total dankbar. Immer wenn ich sie sehe, weiß ich genau, was für eine Freundin ich *nicht* haben will. Das ist wichtig für meine Entwicklung.«

»Stimmt, geht mir mit Felix genauso«, sagt Jack Russel.

Unsere Eltern sehen sich gegenseitig an und stöhnen laut. Dann aber lachen sie, genau wie Jack Russel und ich.

49.

Es ist unglaublich, aber das Video von unserem nächtlichen Ninja-Besuch im Zoo ist ein echter Youtube-Hit geworden. Musti hat wegen der vielen Klicks einen Werbevertrag bekommen und kassiert jeden Monat Kohle von Youtube.

Inzwischen ist uns übrigens klar, dass wir gar nicht wirklich in dem Becken mit den Haien waren. Wäre ja auch total lebensmüde. In Wahrheit waren wir in dem Bassin mit den Karpfen, Goldfischen und Aalen. Aber Mustis Cousin Nr. 109 hat eine Filmproduktionsfirma und er hat das Video mit ein paar Specialeffekts aufgepeppt. Sieht echt gefährlich aus! Haie, Orcas, Riesenkraken! Und wir mittendrin!

Musti gibt einen Teil seiner Einkünfte an mich weiter. Ich freue mich darüber, schließlich kann ich immer Kohle gebrauchen. Mein anderer Name ist schließlich *Pleitinator*. Geld löst sich in meinen Händen in Luft auf… ist echt erschreckend!

50.

Als ich mit Musti wieder einmal über meine Finanzprobleme rede, pfeift er durch die Zähne und sagt: »Hörsu zu, Alter. Habisch voll krass gute Idee, wie wir machen viel Geld ohne Ende!«

»Ich bin gespannt.«

»Ist Video mit Haien voll der Hit, weissu schon. Logisch müssen wir machen neues Video mit neuem Ninja-Action-Stunt. Muss sein noch krass gefährlicher! Werden wir Youtube-Action-Hero. Felix Schwarzenegger! Kriegst du Vertrag mit Hollywood. Also, hörsu zu, ich habe auch schon voll geniale Idee.«

Ich sehe Musti skeptisch an. »Lass hören.«

»Gibt es in Zoo nicht nur Fische. Gibt es auch Käfig mit Grizzlybären. Mussu reinklettern und machen Grillparty mit Grizzlys.«

»Und du kommst mit oder was?!«

»Geht nicht, Alter. Ich muss machen Video mit Kamera. Später stelle ich Video auf Youtube. Wir bekommen Geld. Gute Idee, oder? Sagsu selbst.«

Ich denke kurz drüber nach. Grillen mit Grizzlybären?! Was kommt dann als Nächstes?! Ringkampf mit Kroko-

dilen? Wettkampf-Abhängen mit Faultieren? Kletterduell mit Gorillas?!

»Vergiss es, Musti. Das ist viel zu gefährlich.«

»Willsu Geld, mussu Risiko.«

Da hat er natürlich recht. Musti ist ein genialer Geschäftsmann. Ich aber nicht. »Es geht nicht nur um das Risiko. Ich finde, dass man solche Chaos-Aktionen machen sollte, weil sie Spaß machen. Und nicht, um damit Geld zu verdienen ...«

Musti zuckt mit den Schultern. »Aber Geld verdienen macht voll Spaß.«

»Mir nicht.«

»Kein Problem, Felix. Frage ich Spike, ob er mitmacht. Braucht auch immer Geld.«

51.

Spike ist sofort begeistert von Mustis Idee. Und er ist bereit, alles mitzumachen. Hauptsache, sie bekommen hohe Klickzahlen bei Youtube und entsprechend hohe Werbeerlöse.

Da Jun Yakitori und Yasmin den Zooschlüssel nicht rausrücken wollen, müssen Musti und Spike sich andere Stunts ausdenken. Kein Problem.

Auf diesem Video springt Spike aus dem zweiten Stock eines Hauses, mit einem Fallschirm, den er aus Plastiktüten zusammengetackert hat.

Klickzahlen auf Youtube: 47.534.

Hier sieht man Spike, wie er einen neuen Stundenrekord im Eisbaden aufstellt – nackt und bei Außentemperaturen von minus fünf Grad.

Klickzahlen auf Youtube: 53.896.

Bei diesem Stunt rennt Spike mit einem Wurst-Kostüm über einen Schäferhund-Übungsplatz.

Klickzahlen auf Youtube: 79.657.

Und hier seht ihr, wie Spike mit Anlauf auf ein selbst gebautes Nagelbrett springt.

Klickzahlen auf Youtube: 124.896.

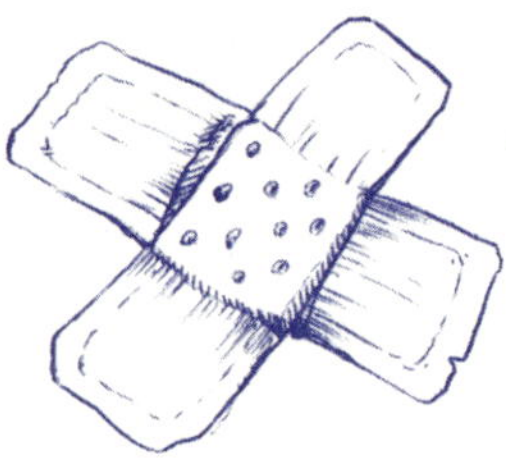

Hier ist das vorläufig letzte Video. Es zeigt Spike im Krankenhaus mit einem Kopfverband, einem Beingips und einem Chefarzt, der ihm den Vogel zeigt.

Klickzahlen auf Youtube: 0.

52.

Herr Kowalski von gegenüber ist Sammler. Er hortet nicht nur die üblichen Dinge, also Briefmarken, Promi-Autogramme oder Schiffsmodelle. Herr Kowalski sammelt einfach *alles*.

Darum sieht es in dem kleinen Häuschen, das er bewohnt, auch ziemlich merkwürdig aus. Zwischen seinen ganzen Objekten führen nur schmale Gänge durch die Zimmer, in denen man sich verlaufen kann. Es ist der reinste Dungeon.

Am schwierigsten ist es, Herrn Kowalski selbst in diesem Irrgarten zu finden. Meistens weiß er selbst nicht, wo er ist. Man muss laut rufen, dann ruft er zurück und irgendwann hat man ihn gefunden.

Ich besuche ihn ganz gerne, weil Herr Kowalski ein netter Typ ist. Er heißt mit Vornamen Olaf Pawel Rüdiger Sepp Johannes (klar, er sammelt natürlich auch Vornamen). Meistens kann ich mir bei ihm ein bisschen Geld verdienen. Ich helfe ihm beim Aufräumen.

Auch wenn die meisten Leute das vermuten, ist Herr Kowalski nicht unordentlich. Und er ist auch kein Messie, jedenfalls nicht, wenn man sich vorstellt, dass Messies so eine Art menschliche Schweine sind. Im Gegenteil. Ich kenne niemanden auf der Welt, der eine so strenge Ord-

nung in seinen Dingen hat wie Herr Kowalski. Er hat sein Haus in Planquadrate von zehn mal zehn Quadratzentimetern eingeteilt und dank seines phänomenalen Gedächtnisses weiß er immer ganz genau, wo sich was befindet. Egal ob Holzschrauben, seine Bügeleisen-Sammlung, die Kuckucksuhren oder die historischen Kegelbahn-Kegel – alles ist genau archiviert und sortiert. Er ist ein echtes Vorbild in Sachen Ordnung.

Darum ist es auch totaler Quatsch, dass meine Mom mir verboten hat, zu ihm zu gehen. Sie hat Angst, dass ich mich bei ihm mit dem Messie-Virus infiziere – wenn man mein Zimmer betrachtet, dann wäre das schon längst passiert, behauptet sie.

Unsinn! Ich bin kein Messie, genauso wenig wie Herr Kowalski. Ich bin auch Sammler!

An diesem Tag hat Herr Kowalski beschlossen, ein paar seiner Objekte neu zu sortieren. Eine wichtige Aufgabe! Er hat bereits seine ungefähr zweihundert Schachbretter in das Zimmer mit den Gesellschaftsspielen geräumt, seine Schottenröcke zu den Kleidungsstücken und die Küchenhandtücher zu den Gebrauchstextilien.

Aber gestern Nacht ist er schweißüberströmt aufgewacht und wusste auf einmal, dass das ein großer Fehler war. Alle karierten Dinge müssen unbedingt zusammen in einem Raum liegen – eben die Schachbretter, die Schottenröcke und die entsprechenden Küchenhandtücher. Aber auch die Rechenhefte, die Bilder von Piet Mondrian und die amerikanischen Holzfäller-Hemden. Was zusammengehört, muss zusammen verstaut werden.

Die Aktion dauert satte fünf Stunden und ist echt schweißtreibend. Herr Kowalski ruft mir durch den Dungeon die entsprechenden Planquadrate zu. Ich meißele die gesuchten Dinge aus den Stapeln heraus und trage sie zu ihrem neuen Planquadrat. Dort muss ich natürlich erst einmal neuen Platz schaffen, was gar nicht so einfach ist.

Wir einigen uns darauf, die Papierlampions, die Mottenkugel-Sammlung, die Tennisbälle und die Gläser mit den Cocktail-Zwiebeln (also alles Runde) zusammen in die Garage zu stellen. Dann schieben wir die Abteilung mit den Skiern, den Zollstöcken, den Bleistiften und den Zimtstangen (also alles Längliche) in den Keller. Auf diese Art schaffen wir Platz für das Karierte.

Am Ende drückt mir Herr Kowalski 20 Euro in die Hand und noch einmal drei Euro als

Trinkgeld. Die Bezahlung dauert allerdings ziemlich lange.

Die 20-Euro-Scheine liegen nämlich auf dem Dachboden bei den Zeitschriften, den Briefmarken, den Aktien und Medikamenten-Beipackzetteln (alles Flache, Bedruckte). Die Münzen dagegen liegen bei den Nägeln, den Büroklammern, den Heftzwecken und den Weltkriegsorden (alles Kleine aus Metall).

Ich bin trotzdem zufrieden und bedanke mich artig bei ihm.

53.

An diesem Abend bin ich heilfroh, einfach nur in meinem Zimmer abzuhängen. Mom hat nämlich doch recht. Ich bin ein Messie. In meinem Zimmer herrscht das totale Chaos. Und das ist auch gut so. So viel Ordnung wie bei Herrn Kowalski würde ich einfach nicht aushalten. Im Gegenteil: Ich bin sogar allergisch dagegen. Die kreative Unordnung, dieses Hier-ist-eine-Bombe-eingeschlagen-Gefühl brauche ich einfach. Sonst fühle ich mich nicht wohl.

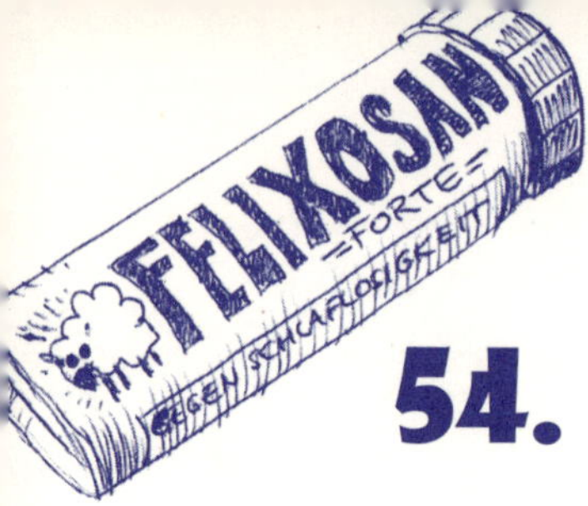

54.

Filmhelden müssen nie aufs Klo, haben immer Geld und stolpern ständig in neue Abenteuer.

Ich dagegen muss dauernd aufs Klo, habe nie Geld und eigentlich auch noch nie ein richtiges Abenteuer erlebt (jetzt mal von der Sache im Zoo und ein paar anderen kleinen, unwichtigen Episoden abgesehen.)

Mit anderen Worten: Mein Leben ist so langweilig wie ein weißes Blatt Papier. Es wird sich niemals als Vorlage für einen Hollywood-Blockbuster-Film eignen.

Oder wenn doch, dann nur unter dem Titel: Stirb möglichst schnell I–IV.

Oder: Tödliche Langeweile.

Oder: Mr. Hirntod und der tiefe Schlaf.

Na ja, vielleicht schaffe ich es ja wenigstens mal, zum Helden einer Fernsehserie zu werden. Die könnte zum Beispiel *Der Doppelschnarcher* heißen. Vermutlich würde sie mitten in der Nacht laufen und wäre vor allem bei bettflüchtigen Senioren beliebt, weil sie dabei so herrlich einschlafen können.

Man könnte auch direkt ein Schlafmittel aus mir machen:

Das neue *Felixosan!* Wirkt garantiert gegen Schlaflosigkeit, nervöse Unruhe und Erregungszustände. Schon eine

Pille genügt und Ihr Leben wird garantiert so schnarchig wie ein Wildschwein im Winterschlaf.

Stöhn und Doppelstöhn. Kann ich nicht auch mal etwas wirklich Aufregendes erleben?! Ist das wirklich zu viel verlangt?!

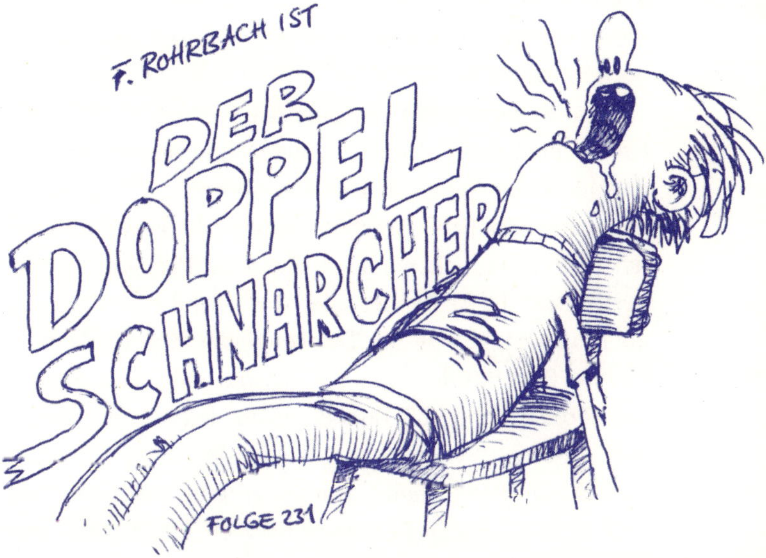

55.

An diesem Abend beschließe ich zu beten. Wegen meinem langweiligen Leben, an dem sich dringend etwas ändern muss.

Beten ist sonst nicht so meine Art, weil ich noch nie den Unterschied zwischen bitten, beten und betteln verstanden habe. Ist doch voll peinlich, wenn du in die Kirche gehst und zum lieben Herrgott sagst: »Mann, wie oft muss ich dich eigentlich noch an die neue Playstation erinnern? Hast du Alzheimer oder was?! Und das iPhone ist auch überfällig! Von der Taschengelderhöhung gar nicht zu reden! Ist das denn sooooo schwer? Oder hast du meine Adresse verloren? Oder streiken deine Engel gerade mal wieder?«

Aber wie gesagt, heute mache ich eine Ausnahme. Ich knie mich vor mein Bett, falte brav die Hände und murmele los: »Hey, Gott, ich bin's, Felix. Könntest du bitte mal kurz zuhören! Also, es geht um Folgendes: Du hast mich doch bestimmt nicht erschaffen, nur damit ich schon in jungen Jahren an exzessiver Langeweile sterbe, oder? Siehst du! Das passiert aber gerade. Ungelogen! Das Aufregendste in meinem Leben ist der Moment, in dem die Schulglocke bimmelt und ich die Augen aufmache, weil ich endlich nach Hause gehen darf. Und wofür?

Nur damit ich mich zu Hause ins Bett lege und da weiterschlafe?! Das kann's doch nicht sein. Darum habe ich eine klitzekleine Bitte an dich: Lass dir mal etwas richtig Actionmäßiges für mich einfallen! So was echt Aufregendes und Cooles wie in einem Hollywood-Blockbuster-Film. Etwas, das ich noch in hundert Jahren meinen Fans und meinen Enkeln erzählen kann. Okay!? Ach, du willst wissen, was ich dafür im Gegenzug zu tun bereit bin? Mann, das ist ja wie auf dem Basar hier. Aber gut: Ich biete dir an, dass ich netter zu meiner Schwester bin. Nein? Du findest es lustig, wenn wir uns streiten? Okay, klar. Dann kümmere ich mich mehr um meinen Opa Hans-Jürgen. Deal? Klasse. Vielen Dank auch. Ach ja, Amen.«

56.

Ein paar Tage später habe ich die Sache mit dem Gebet schon längst wieder vergessen. Vielleicht war es ja auch nur ein Traum.

Jedenfalls bin ich nach der Schule mit Jun Yakitori, dem Japan-Typ, in der Stadt unterwegs. Wir wollen uns gerade voneinander verabschieden und ich will zu meinem Fahrrad gehen, als ich glatt mitansehen muss, wie mein geliebter Drahtesel geklaut wird. Ungelogen! Ein Typ mit einem vernarbten Gesicht und dreckigen Händen macht sich an meinem Schloss zu schaffen. Seine Haare sind so fettig, dass man sie auspressen und mindestens zehn Liter Öl daraus gewinnen könnte. Außerdem hat er lauter Tattoos, aber nicht die tolle, kunstvolle Sorte, die ich auch gerne hätte. Seine Tattoos sehen aus, als hätte sie ein betrunkener, blin-

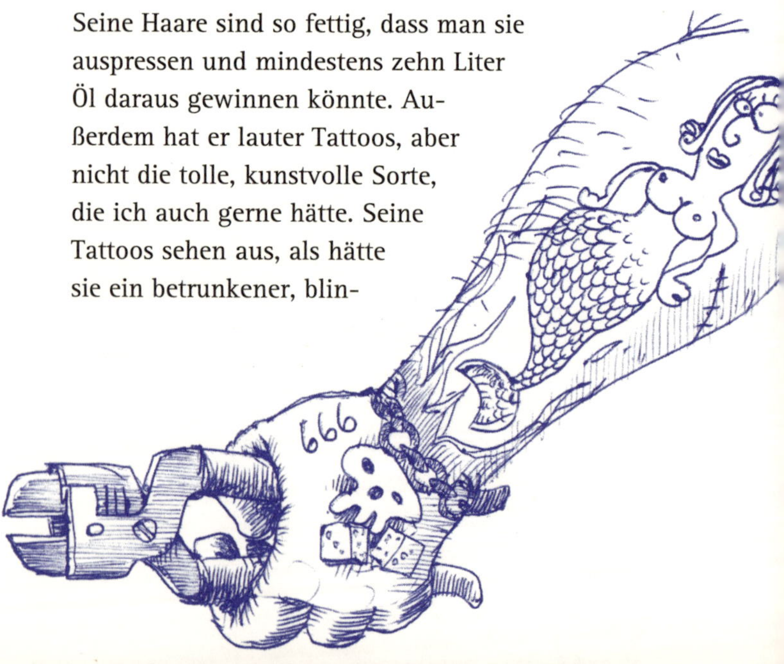

der Exknacki aus zehn Meter Entfernung mit Dartpfeilen gestochen. Auf seinem rechten Unterarm ist eine Meerjungfrau, die aussieht wie ein halbes Hähnchen mit Schuppen. Und auf dem linken Unterarm ist ein Segelschiff zu sehen, das an ein abgenagtes Fischgerippe mit Gemüseresten erinnert.

Vielleicht ist das der Grund, warum meine Eltern mir verboten haben, mich tätowieren zu lassen. (Ein Mini-Tattoo habe ich mir trotzdem heimlich machen lassen. Das gab vielleicht Ärger!)

Jedenfalls ist der Fahrradklauer kein Typ, zu dem man hingeht und sagt: »Entschuldigung, Sir. Aber das Fahrrad, das Sie gerade stehlen wollen, gehört zufälligerweise mir und ich wäre echt dankbar, wenn Sie es stehen lassen würden.«

So ein Tattoo-Narben-Kerl würde darauf nämlich antworten: »Hör zu, Kleiner. Du kannst es dir aussuchen: Entweder du gehst brav nach Hause und vergisst, dass du mich je gesehen hast. Oder ich mache aus dir Hackfleisch mit Käsesoße, fülle dich in Dosen und verfüttere dich zu Hause an meine Schildkröten.«

»Aber Schildkröten essen doch gar kein Fleisch und …« Ist auch egal. Denn bei so jemandem hält man wie gesagt besser seine Klappe.

Jun, der das Ganze auch mitansieht, flüstert mir zu: »Los, wir rufen die Polizei. Hast du dein Handy dabei?«

»Klar. Aber bis die Bullen hier sind, ist der Dieb doch längst über alle Berge.«

»Stimmt. Dann müssen wir ihn halt verfolgen und herausfinden, wo er deinen Drahtesel hinbringt.«

Wir beobachten weiter, wie der Typ mein Fahrradschloss aufbeißt! Dann steigt er auf und radelt davon – zum Glück so langsam und ungeübt, dass wir ihn locker zu Fuß verfolgen können.

Wir haben schon geahnt, dass so ein Typ nicht gerade zu einer Luxusvilla in einer feinen Gegend radelt, weil er eigentlich Multimillionär ist und das mit dem Fahrrad-Klauen nur so als spleeniges Hobby betreibt.

Nein, so ein Typ fährt erst in Richtung Bahnhof und dann in ein finsteres Industriegebiet mit runtergekommenen Hinterhöfen, auf denen Schrott, Bauteile und alte Autos gelagert werden.

Schließlich hält er vor einem verrosteten Tor, gegen das er eine Art Geheimzeichen klopft. Jun und ich sind hinter einem abgestellten Laster in Deckung gegangen. Das Tor wird geöffnet und ein anderer schmieriger Typ steckt den Kopf ins Freie. Ich kann nicht sagen, wie er aussieht, weil er in erster Linie aus Bart besteht – Bart am Kinn, an den Wangen, an den Schläfen. Sogar am Hals hat er Bart. Und an den Ohren. Und auf der Nase.

Er fragt den Fahrraddieb: »Was willst du, Topsi?!«

Aha. Er heißt also Topsi. Bescheuerter Name, aber eine wichtige Information für die Polizei.

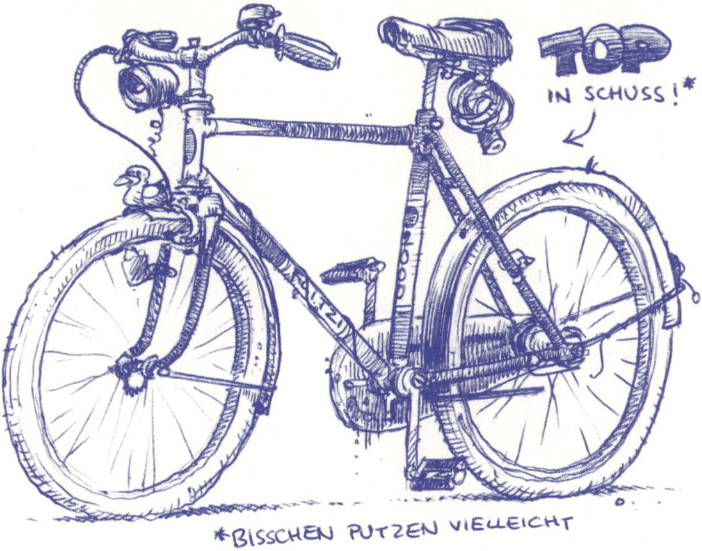

»Ich habe Beute gemacht. Interesse?«, fragt Topsi.

»Du willst mir diesen Schrotthaufen verkaufen? Soll das ein Witz sein?«

»Zehn Euro und 'ne Flasche Schnaps. Deal?«

Am liebsten wäre ich aufgesprungen und hätte mir die beiden Typen vorgeknöpft. So eine Unverschämtheit! Mein Fahrrad ist kein Schrotthaufen! Und es ist deutlich mehr Wert als zehn Euro und 'ne Flasche Fusel. Auch wenn ich zugeben muss, dass es wirklich nach Schrott *aussieht*. Weil ich es ziemlich lange nicht geputzt habe. Also wirklich ziiiiiiemlich lange.

Trotzdem ist der Barttyp nach ein bisschen Hin und Her einverstanden. Er lässt Topsi auf das Grundstück und schließt mit einem lauten Klonk-Geräusch das Tor.

Mist und Doppelmist.

»Okay, jetzt, wo wir wissen, wo der Typ ist, können wir die Polizei rufen«, sagt Jun.

GANGSTER

Natürlich hat er recht. Sogar doppelrecht. Polizei-Rufen wäre das Schlaueste, was wir jetzt tun könnten.

Dumm nur, dass ich dieses gewisse Felix-Rohrbach-Kribbeln in der Nase spüre. Führt dazu, dass ich eben nicht das Schlaueste mache – sondern das, was vermutlich am meisten Spaß macht. Auch wenn es todsicher ins totale Chaos führen wird.

»Die Bullen können wir immer noch später rufen, Jun. Lass uns erst einmal gucken, was diese Typen auf dem Grundstück sonst noch treiben. Wer weiß, vielleicht haben sie ein paar Mädchen entführt, die wir befreien können. Oder sie handeln mit Waffen und wir verhindern einen Krieg. Oder es sind Falschmünzer und wir können uns die Taschen mit Blüten vollstopfen ...«

Jun grinst. »Du hast recht. Ist zwar voll gefährlich, kickt aber!«

Wir laufen einen kleinen Pfad entlang, klettern über eine hohe Mauer und springen auf das Grundstück der Gangster. Die haben sich inzwischen in einen alten Lagerschuppen verkrochen. Sie scheinen sich ziemlich sicher zu fühlen, denn sie haben nicht einmal Wachen oder so etwas aufgestellt!

Schluck und Doppelschluck, denke ich. Jun hat recht. Ganz schön gefährlich.

Wir schleichen indianermäßig an den Lagerschuppen

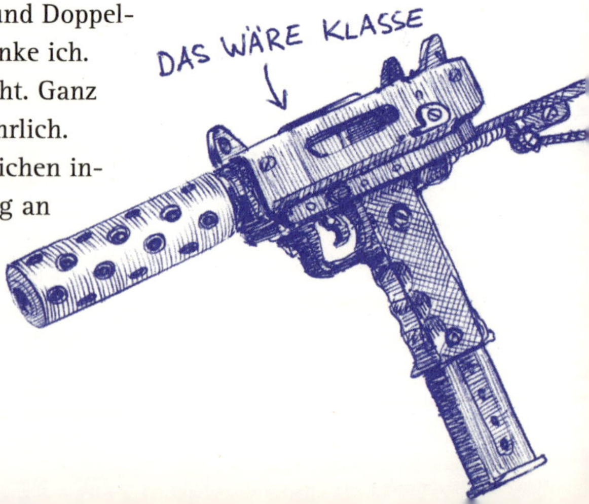

heran. Jun macht mir eine Räuberleiter, sodass ich durch ein kleines, verschmiertes Fenster ins Innere sehen kann. Da sind fünf Typen, die rumsitzen und Zigaretten rauchen. Aber keine gefangenen Mädchen und auch keine illegalen Waffen. Undeutlich sehe ich ein paar Autos, und zwar funkelnagelneue, glitzernde, aufgemotzte Sportwagen! Die sind garantiert geklaut! Und zwischen den Sportwagen steht mein altes, klappriges Fahrrad – so als wäre es ebenfalls ein Vermögen wert. Dann bekomme ich mit, dass die Gangster ihre gesamte Beute in zwei Lastwagen verstauen wollen. Sie fahren die Autos über eine Rampe in die Laster hinein. Und dort wird garantiert auch mein Fahrrad landen!

Ich springe wieder runter und sage flüsternd zu Jun: »Das sind Autoschieber. Sie sind gerade dabei, sich vom Acker zu machen. Wir müssen sie aufhalten.«

»Gute Idee. Wir nehmen einfach zwei Maschinenpistolen, stürmen in die Halle und nehmen die Typen fest.«

»Ja, das wäre klasse.«

»Das war ein Witz, Felix. Langsam wird es echt zu riskant. Lass uns verschwinden, bevor es zu spät ist.«

In diesem Augenblick hören wir hinter uns eine tiefe, kratzende Stimme: »Es ist zu spät, Jungs. Hände hoch!«

Zitter und Doppelzitter. Jun und ich strecken die Flossen in die Höhe und drehen uns um – und beinahe hätte ich laut losgelacht. Der Typ, der vor uns steht, sieht aus wie so eine Art Klon aus Topsi und dem Bart-Gangs-

ter. Er hat auch fast überall Bart, und dort wo er keinen Bart hat, ist er von den hässlichsten Tattoos der Welt bedeckt.

Aber besser nicht lachen. In der einen Hand hält er nämlich eine Machete und in der anderen – haltet euch fest, Leute – eine echte Knarre. Jun und ich starren direkt in die schwarze runde Mündung.

»Wir haben nichts gesehen! Ist nur Zufall, dass wir hier sind. Bitte lassen Sie uns gehen«, sagt Jun.

»Stimmt, wir haben wirklich nichts gesehen. Schon gar nicht die geklauten Autos!«, füge ich hinzu.

Jun zuckt zusammen. Aber zum Glück ist der Typ so unterbelichtet, dass er gar nichts schnallt. Er macht mit seiner Wumme eine Wedelbewegung und sagt: »Los, vorwärts. Der Boss entscheidet, was mit euch passiert.«

Kurz darauf stehen wir in dem Schuppen, der inzwischen voller Autoabgase ist. Hust und Doppelhust. Unser Bewacher, dessen Spitzname offenbar Schnalzi ist, ruft durch die Halle: »Hey, Boss, sieh mal, was ich gefunden habe.«

Die Fahrertür des einen Lkw geht auf und eine Art menschlicher Gorilla springt heraus. Der Typ sieht aus wie eine Mischung aus Wrestler-Gangster und Filmmonster. Seine Haare sind stachelig frisiert und statt Ohrringen hat er sich Schrauben durch die Ohrläppchen gedreht. Er sieht

mich und Jun an, lacht scheppernd und fragt: »Wo kommen denn die beiden Würmchen her?!«

»Die haben draußen rumgeschnüffelt. Haben die Autos gesehen«, erklärt Schnalzi.

»Wir haben keine Autos gesehen«, sagt Jun.

»Schon gar keine teuren Sportwagen«, sage ich.

Der Boss kratzt sich über sein vorstehendes Kinn. »Ihr haltet euch wahrscheinlich für so eine Art Hobby-Detektive, was?! So in der Art wie die drei !!!«

»Die heißen die drei ???«, erkläre ich ihm.

»Kleiner Klugscheißer.«

»Aber er hat recht«, sagt Schnalzi.

Der Boss knirscht seltsam mit den Zähnen. Schnalzi schrumpft in sich zusammen, genau wie Jun und ich. Der Typ ist bestimmt Kannibale und überlegt gerade, ob er Jun und mich lieber braten oder kochen soll, bevor er uns verspeist.

»Fesselt sie und schmeißt sie hinten in den Lkw rein. Wir versenken sie später im See. Gutes Fischfutter. Die werden uns nicht verpfeifen.«

In diesem Augenblick kommt Topsi, der Fahrraddieb, dazu und sagt: »Hey, Boss. Der Bärtige hat mir zehn Euro für das Fahrrad versprochen! Ich würde aber auch die beiden Jungs als Tausch akzeptieren.«

Der Boss sieht Topsi überrascht an. »Und was würdest du mit ihnen machen?«

Topsi lacht seltsam. »Die schneid ich in Streifen und mach Trockenfleisch draus. Und das verkaufe ich einem guten alten Freund von mir als Hundefutter.«

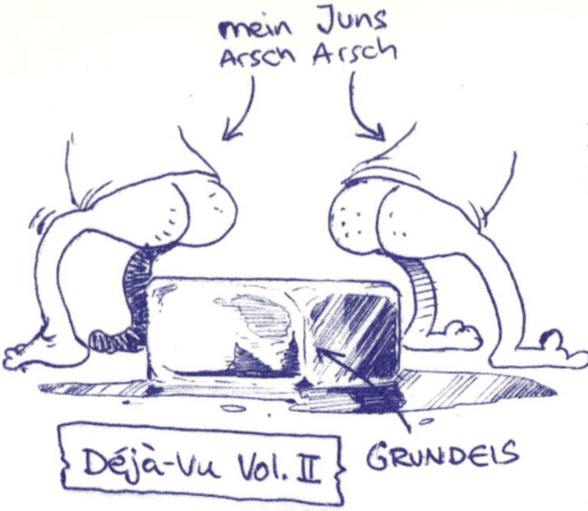

Der Boss nickt. »Gute Idee. In Ordnung, der Deal steht.«

So langsam geht mir der Arsch auf Grundeis. Jun genauso. Mit zitternder Stimme sage ich: »Hey, euch geht's wohl zu gut. Mich kann man doch nicht gegen mein eigenes Fahrrad eintauschen. Das ist unlogisch! Und Hundefutter will ich auch nicht werden.«

Der Boss rückt so dicht an mich heran, dass ich von seinem Rollmops-Knoblauch-Zigaretten-Atem fast ohnmächtig werde. »Halt lieber dein vorlautes Maul, Kleiner. Sonst stirbst du auf der Stelle.«

»Einverstanden«, sage ich schwach.

Jun und ich werden gefesselt und in eine Ecke der Halle gelegt. Wir sehen zu, wie die Gangster ihre restlichen Sachen in die beiden Lkws verstauen und dann davonfahren.

Als sich das Tor hinter ihnen wieder schließt, kommt Topsi zu uns und baut sich vor uns auf. Jun und ich zittern inzwischen am ganzen Körper. Wir haben Angst und außerdem liegen wir auf dem eiskalten Beton. Tattoo-Topsi sieht uns mitleidslos an und sagt: »Ich habe noch nie in meinem Leben so hirnverbrannte Kids gesehen wie euch.«

»Eben. Darum sind wir als Hundefutter auch total ungeeignet.«

»Du kannst aber auch wirklich nie die Klappe halten, was?!«

»Stimmt, kann ich nicht.«

Topsi macht ein seltsames Geräusch, eine Mischung aus Lachen und Verärgerung. »Und was soll ich jetzt mit euch machen?!«

»Bitte, lassen Sie uns einfach frei«, sagt Jun.

Topsi mustert uns nachdenklich. Dann passiert etwas Unerwartetes. Auf einmal zieht er sich die Fetthaar-Perücke vom Kopf, streift sich die künstlichen Hässlich-Tattoos von den Armen (waren nur bedruckte Sleeves) und drückt schließlich auch noch seine falschen schlechten Zähne aus dem Mund. Auf einmal sieht der Typ gar nicht mehr aus wie ein Billig-Penner, sondern irgendwie wie

Bruce Willis. Ziemlich gut und ziemlich hart.

Schließlich bückt er sich und befreit Jun und mich von unseren Fesseln. »Los, steht auf und macht, dass ihr wegkommt.«

»Wer sind Sie?«, frage ich und reibe mir meine schmerzenden Handgelenke.

»Ich heiße Volker Brandt und bin von der Kripo. Wegen euch Idioten konnte ich die Autoschieber nicht verhaften! Na ja, ist nicht so schlimm. Meine Kollegen verfolgen sie und nehmen sie bei nächster Gelegenheit fest. Jedenfalls habt ihr echt Glück gehabt, dass ich hier war. Der Typ, den sie den Boss nennen, hätte euch vermutlich wirklich in einen See geworfen.«

»Zum Glück sind alle Seen im Moment zugefroren«, sage ich.

»Dann hätten sie ein Loch ins Eis gesägt und euch da reingeworfen.«

»Dann haben wir wohl wirklich Glück gehabt.«

Kommissar Brandt lacht. »Eins müsst ihr mir noch versprechen. Haltet eure neugierigen Nasen ab sofort aus gefährlichen Dingen raus. Ist das klar?«

»Ja, Sir. So klar wie die Brokkolicreme-Suppe, die meine Mom immer macht und die ich auf den Tod nicht ausstehen kann«, brülle ich.

»Er meint es nicht so«, sagt Jun. »Eigentlich will er sa-

gen, dass wir es genau so machen werden, wie Sie gesagt haben.«

Kommissar Brandt macht eine wedelnde Handbewegung. Jun und ich ziehen Leine und sind überglücklich, als wir endlich im Bus sitzen und friedlich nach Hause fahren.

57.

An diesem Abend knie ich mich wieder vor mein Bett und bete. »Hey, Gott, hörst du mich?! Ich bin sauer auf dich. Das war ja wohl der totale Reinfall, was du mir da eingebrockt hast. Okay, das mit dem spannenden Abenteuer war schon irgendwie cool. Aber ich fang immer noch an zu zittern, wenn ich an diesen Boss denke. Der wollte uns glatt umbringen. Das war echt gefährlich ... Was? Es gibt keine Abenteuer, die nicht gefährlich sind, sagst du!? Das hätte ich mir vorher überlegen sollen!? Ich wäre wohl nie zufrieden?! Hm, ja, schätze mal, da hast du recht. Also gut, tut mir leid. Eigentlich war die Aktion doch nett von dir. Also: vielen Dank noch mal. Und bis zum nächsten Mal. Und Amen und so ... Ach, hier kommt noch

ein PS: Was ist denn jetzt mit meinem Fahrrad?! Das ist ja weg. Kriege ich ein neues?... Was? Wie bitte?! Okay, ja, ich halte ja schon meine Klappe. Entschuldigung, ich störe dich auch nie wieder!«

58.

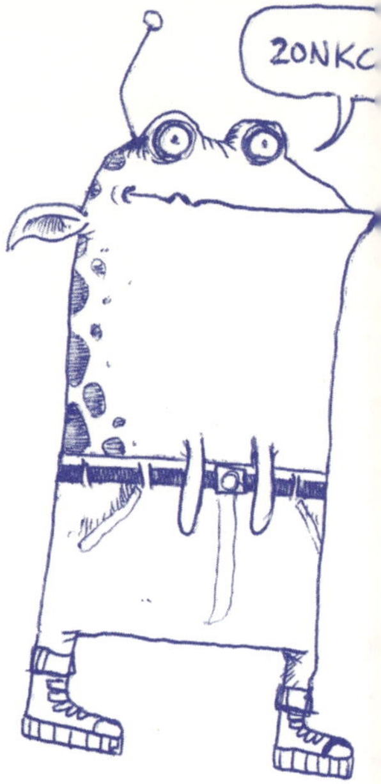

Ich habe mal wieder Streit mit Jack Russel, meiner Schwester. Liegt an ihrem Charakter. Sie ist ein Jahr jünger als ich, glaubt aber, so etwas wie meine Erziehungsberechtigte zu sein. Ständig sagt sie mir, was ich tun oder lassen soll. Echt, das ist fast so, als hätte ich nicht zwei Eltern, sondern drei!

Stöhn und Doppelstöhn.

Heute kommt Jack mal wieder ohne anzuklopfen in mein Zimmer gestürzt. »Hör zu, Schwammkopf, du hast gestern mein Fahrrad benutzt und jetzt hat es einen Platten.«

Ich surfe gerade im Internet und versuche erst einmal, sie zu ignorieren. Jack aber stampft zu meinem Schreibtisch rüber, stemmt die Hände in die Hüften und schreit: »Hey, Pickelpfropfen. Ich rede mit dir.«

Ich blicke grinsend auf. »Was ist los, Schleimlawine?«

»Du hast mein Fahrrad kaputt gemacht, Schweinebacke.«

»Habe ich nicht, Blumentopfgewinnerin. Das war eine Glasscherbe. Außerdem weißt du genau, dass mein Fahrrad geklaut worden ist.«

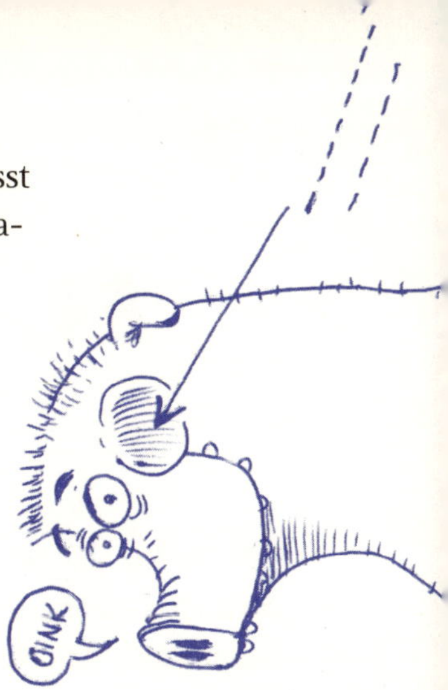

»Dann kauf dir ein neues. Meins musst du trotzdem reparieren, du Denkblockade.«

»Nächstes Jahr, Darmfalte.«

»Dann leihe ich es dir nie wieder, Ohrenschmalzlutscher!«

»Musst du nicht. Ich nehm's mir einfach so, Popelsammlerin!«

Wir gehen in die offene Feldschlacht über.

»Schwebeteilchen!«

»Gehirnversteinerung!«

»Hintermkommastelle.«

»Durchfallgurgler.«

Plötzlich sehen wir uns an und müssen laut loslachen. Liegt daran, dass wir beide vergessen haben, warum wir uns eigentlich streiten. Ein schlechtes Gedächtnis ist eine wichtige Voraussetzung für Frieden im Haus. Aber uns fällt bestimmt bald ein neuer Grund ein, aus dem wir uns fetzen können.

59.

Spike hat mal wieder eine seiner schrägen Ideen. »Hey, Leute. Ihr kennt doch den Nobelpreis?!«, fragt er uns.

»Welchen? Es gibt viele«, sage ich.

»Egal. Physik, Chemie, Frieden. Jedenfalls gibt es jetzt eine neue Kategorie, habe ich mir selbst ausgedacht. Den Nobelpreis für Peinlichkeiten. Der wird einmal im Jahr vergeben, und zwar an den Menschen, der die peinlichste Geschichte des Jahres erlebt hat. Ich will mal sehen, ob ihr Chancen habt, das Ding zu gewinnen. Los, erzählt mir eure peinlichste Geschichte und dann entscheide ich, wer von uns das Rennen macht.«

Nach einigem Hin und Her sind wir einverstanden. Mike erzählt als Erster seine Story. Sie handelt von dem Tag, an dem seine Mom sämtliche seiner Klamotten in die Waschmaschine gesteckt hatte und er mit einem Kleid seiner Schwester auf die Straße musste – wo er dann prompt dem Mädchen in die Arme lief, in das er

verliebt war. Sie machte ein Foto von ihm, das sie auch noch auf Youtube einstellte. Mike bekam daraufhin vor Scham eine Lungenentzündung.

Musti gibt eine Geschichte zum Besten, wo er heldenhaft vom Einmeterbrett gesprungen ist und prompt seine Badehose verloren hat. Es hat ihn nicht davon abgehalten, sich auch ohne Badehose an der Pommesbude im Freibad anzustellen. Das Peinlichste an seiner Geschichte ist, dass es ihm gar nicht peinlich war. Für etwas zu essen würde Musti eben alles tun.

Ich bin der Dritte und erzähle den Jungs von dem Tag, an dem mir mein Taschengeld ins Klo gefallen ist und ich mit Taucherbrille und Schnorchel danach gesucht habe. Meine Schwester kam rein, machte ebenfalls ein Foto und stellte es bei Facebook ein. Am gleichen Tag verlor ich drei Viertel aller meiner FB-Freunde, weil sie sich schämten, mit mir befreundet zu sein. Gleichzeitig gewann ich ungefähr dreihunderttausend neue FB-Freunde, weil sie alle das Bild sehen wollten …

Spike grinst und sagt: »Okay Leute. Das war alles gar nicht so schlecht. Aber den Peinlichkeits-Nobelpreis gewinnt ihr mit den lahmen Nummern garantiert nicht. Der gehört mir, wetten?!«

Dann legt Spike los und erzählt uns, was er am vergangenen Wochenende erlebt hat.

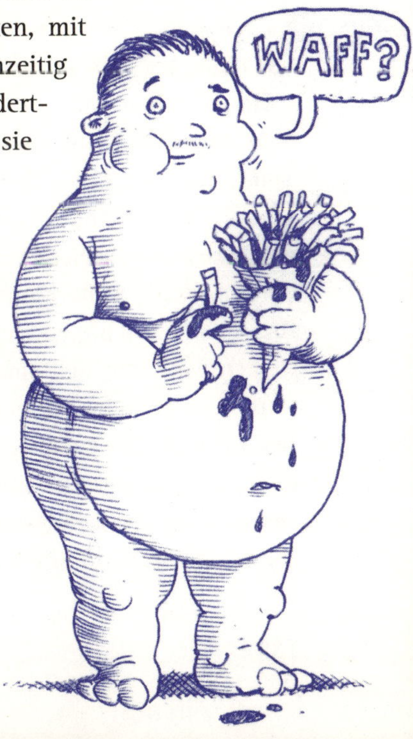

Er musste mit seinen Eltern zu einem Familientreffen bei seinem Onkel Gernot und seiner Tante Claudia. Sein anderer Onkel Harald und seine Tante Jutta waren auch da. Die nerven ihn total, aber die Tochter, Spikes Cousine Lola, ist superhot. Beim letzten Besuch hatte er mit ihr rumgeknutscht, so richtig mit Zungenküssen und T-Shirt-Ausziehen! Diesmal sah es wieder danach aus. Beim Abendessen blinzelte sie ihm ständig zu. Spike stand darum mitten in der Nacht auf und schlich zu ihr rüber. Er hatte nur seine Pyjamahose an, das T-Shirt würde er ja eh ausziehen. Im Haus war es stockdunkel. Spike betrat Lolas Zimmer und die fragte mit Flüsterstimme: »Bist du es?«

»Ja.«

»Komm, leg dich zu mir!«

Boa, dachte er nur und schlüpft zu ihr unter die Decke. Lola fing sofort an rumzuknutschen. Plötzlich merkte Spike, dass das gar nicht Lola war, sondern seine Tante Claudia. Voll ekelig! Er spuckte herum wie ein Verrückter und wischte sich die Zunge mit der Bettdecke ab. Tante Claudia wollte weiterknutschen, aber als er sich weigerte, fing sie an zu schreien wie eine Feuersirene! Spike wollte fliehen, verhakte sich aber an der Kante des Bettes, worauf seine komplette Pyjama-Hose zerriss und zu Boden fiel. Er war auf einmal splitternackt! Aber egal, er rannte einfach ins nächste Zimmer und versteckte sich dort. Draußen auf dem Flur war nun Riesenalarm, weil ja alle die Schreie gehört hatten und aufgestanden waren. Spike stand in der Dunkelheit, als sich auf einmal sein Magen meldete. Verdammt, er hatte zum Abendessen Fisch gegessen, obwohl er den nicht verträgt. Jetzt war es zu spät. Er bekam Durchfall, und zwar mit Dringlichkeitsstufe 1. Was sollte er jetzt tun? Raus konnte er nicht, weil die ganzen bekloppten Erwachsenen da rumturnten. Und er war doch nackt! Also sah er sich um und fand raus, dass er sich in der Bibliothek von Onkel Gernot be-

fand. In der Ecke stand so ein Kübel mit Kakteen drin. Kapiert ihr?! KACKteen – da darf man ja wohl sein Geschäft drauf machen. Die freuen sich über 'ne Ladung Dünger. Spike hockte sich also gerade über den Kübel, als plötzlich das Deckenlicht anging! Spikes Onkel Gernot stand vor ihm und wollte wissen, was er da machte! Spike erschrak so, dass ihm fast das Herz stehen blieb. Er fiel nach hinten und landete mit dem nackten Hintern in den Kakteen. Das tat so höllisch weh, dass er sofort mit einem Riesensatz wieder nach vorne sprang und dabei die gesamte Hausbar mit sich riss! Alle Flaschen, Gläser und Eisbehälter schepperten zu Boden und zersprangen in tausend Scherben, was

dazu führte, dass als Nächstes sein Onkel 'ne Herzattacke bekam – tja, und in dem Augenblick kam Lola rein …

Spike sieht uns grinsend an und fügt hinzu: »Ey, Leute! Ich sag's euch, ich habe mir noch nie im Leben so dringend gewünscht, niemals geboren worden zu sein, wie in diesem Moment! Es war so erniedrigend. Ich kann mich nie wieder bei meinem Onkel sehen lassen. Und bei Lola auch nicht! Und bei meinen Eltern auch nicht. Und bei mir selbst eigentlich auch nicht.«

Wir anderen bemühen uns, nicht laut loszulachen. Wenigstens sind wir uns einig: Der Peinlichkeits-Nobelpreis gebührt ganz klar Spike!

60.

Aufräumen ist eine der sinnlosesten Tätigkeiten, die es gibt. Weil man es immer wieder von Neuem machen muss. Logischerweise kann man es auch gleich bleiben lassen.

Aber habt ihr schon mal Eltern gesehen, die logisch denken können? Fehlanzeige!

Alle zwei Wochen bekomme ich deswegen totalen Stress zu Hause und Mom und Dad drohen mir mit Taschengeldentzug, Internat oder Mord!

Es fängt immer gleich an. Meine Mutter sagt zu mir: »Felix, räum gefälligst dein Zimmer auf.«

»Wie du ganz richtig gesagt hast: Es ist *mein* Zimmer«, antworte ich.

»Ja, aber es ist *unser* Haus. Und wir haben Angst, dass sich hinter deiner Tür ansteckende Krankheiten oder Ratten ausbreiten.«

»Es gibt in meinem Zimmer keine Ratten.«

»Woher willst du das wissen?!«

Gute Frage, denke

ich. Denn es ist eine Tatsache, dass ich in meinem Zimmer den Überblick verloren habe. Ihr könntet mir darum helfen. Sieht hier irgendjemand eine Ratte? Nein? Gut! Doch? Verräter!

61.

Ich bin verliebt, diesmal aber richtig. Schwör und Doppelschwör. Es ist nicht so wie damals bei Nina, Saskia oder Marina. Oder bei irgendwelchen anderen Mädchen.

Nein, das mit Nicole ist echt was anderes. Sie ist die Richtige für mich. Die Doppelrichtige!

Ich weiß es. Ich spüre es. Ich bin tief in meinem Herzen davon überzeugt.

Die spannende Frage ist, ob auch sie es weiß, spürt und tief in ihrem Herzen davon überzeugt ist.

Ich sag's mal so: Wahrscheinlich nicht!

Seufz und Doppelseufz!

62.

Nicole und ich haben uns letzte Woche in der Tanzschule kennengelernt, und zwar beim Salsa. Alle anderen Mädchen saßen da schon am Rand der Tanzfläche und ließen sich ihre Füße verarzten. Weil ich und die anderen Jungs ihnen leider beim Walzer, Foxtrott und Cha-Cha-Cha darauf herumgetrampelt haben.

Nicole und ich aber mussten nur zusammen Salsa tanzen und dabei hält man zum Glück so großen Abstand, dass ich sie nicht ernsthaft verletzen konnte. Die Sache zwischen uns flutschte wie ein nasses Stück Seife in der Duschwanne! Wir tanzten miteinander wie Johnny und Baby in *Dirty Dancing* – das ist dieser Old-School-Film mit den Wassermelonen und den komischen Frisuren!

Wir waren voll auf derselben Wellenlänge! Es war der Wahnsinn! Nicole und ich sahen uns in die Augen und tanzten einfach immer weiter, sogar als die Musik schon längst aus war. Sogar als alle anderen Schüler längst nach Hause gegangen waren. Sogar als der Tanzlehrer das Licht ausmachte und die Tanzschule abschloss …

Jetzt mal ehrlich – das muss doch Liebe sein, oder?!

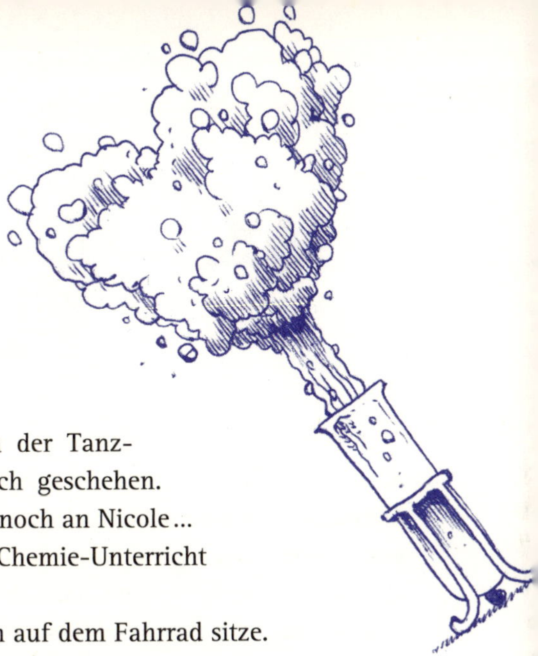

63.

Seit dem Abend in der Tanzschule ist es um mich geschehen. Ich denke immer nur noch an Nicole...

... zum Beispiel im Chemie-Unterricht

... oder beim Sport

... oder während ich auf dem Fahrrad sitze.

Ist mir egal, wenn ich dabei in die Luft fliege, von einem Basketball erschlagen oder unter einem Lkw begraben werde. Hauptsache, ich kann von ihr träumen. Love und Doppellove!

64.

Heute Abend werde ich sie wiedersehen. Es ist wieder Tanzschule und ich habe mich entschlossen, es ihr zu sagen. Ja, echt! Ich werde ihr gestehen, dass sie die Richtige, die Einzige, ja die Tollste überhaupt für mich ist!

Aber wie?! Ich kann schließlich nicht einfach zu ihr hingehen und stammeln: »Du bist die Richtige. Du bist die Einzige. Du bist die Tollste.« Ich muss mir schon etwas einfallen lassen!

Musti meinte, ich soll ihr ein Geschenk mitbringen. Rosen oder eine Schachtel Pralinen. Keine schlechte Idee. Vielleicht sollte ich ihr besser Schuhe mit Stahlkappen mitbringen. Dann könnten wir alle Tänze zusammen tanzen. Andererseits, ich will sie überzeugen, nicht bestechen! Vorschlag abgelehnt. Keine Geschenke. Nein, ich brauche eine bessere Idee.

Spike meint, ich soll einfach nicht hingehen. Viel zu anstrengend. Wenn sie auch in mich verliebt ist, dann wird sie schon von sich aus bei mir ankommen!

»Du bist echt ein Meister der Romantik, Spike!«, entgegne ich daraufhin.

»Ich weiß. Ich hab's drauf mit den Mädchen«, erwidert er selbstbewusst.

»Was ist, wenn sie erst in hundert Jahren kommt? Oder gar nicht?«

»Dann ist sie nicht die Richtige.«

Klingt irgendwie logisch. Überzeugt mich aber trotzdem nicht. Vorschlag abgelehnt.

Mike sagt: »Sie lernt tanzen! Also steht sie auf Tänzer. Ist doch klar, was du machen musst, Felix! Du musst die beste, ausgefeilteste, akrobatischste Tanznummer aller Zeiten aufs Parkett legen. Dann gehört Nicole dir!«

Ich denke kurz drüber nach. Dann antworte ich: »Vorschlag angenommen! Aber ihr müsst mir helfen, eine super Nummer einzustudieren!«

Mike, Spike und Musti können ungefähr so gut tanzen wie eine Truppe schlecht geölter Roboter. Aber egal, sie wollen mir trotzdem helfen! Deshalb verbringen wir den ganzen Nachmittag damit, aus mir einen Super-Tänzer zu machen. Ich studiere eine Mischung aus Hiphop, Breakdance, Ballett und Standard ein – der Wahnsinn!

Damit könnte ich glatt im Zirkus auftreten. Oder im Varieté! Das wird Nicole voll beeindrucken!

65.

Es ist so weit. Die Tanzstunde ist fast vorbei und nach den ganzen Übungen dürfen wir noch zehn Minuten bei freier Partnerwahl tanzen. Das ist der Moment, auf den ich gewartet habe. Ich fordere Nicole auf! It's showtime!

Während die anderen Paare brav ihre Runden drehen – Gähn und Doppelgähn –, drehe ich so richtig auf. Ich flippe, springe, hibble, wackle vor Nicole herum, als wäre ich der jüngere Bruder von Detlef D. Soost.

Felix D! Rohrbach...

Ich mache Salti, Flickflacks, Pirouetten. Ich laufe auf den Händen. Ich springe bis unter die Decke und landc im Spagat – Autsch und Doppelautsch! Egal, ich spüre keinen Schmerz. Ich denke nur an sie!

Und es scheint tatsächlich zu funktionieren. Alle anderen haben aufgehört zu tanzen und stehen in einem Kreis um mich herum. Nicole ist so beeindruckt, dass sämtliche Farbe aus ihrem Gesicht gewichen ist. Ich fühle, wie sehr ich sie gerade begeistere und für mich gewinne!

Dann kommt der Höhepunkt. Ich tanze auf sie zu und fordere sie auf, mit mir die berühmte Hebefigur aus *Dirty Dancing* zu machen. Sie versteht, nimmt Anlauf und rennt auf mich zu. Ich muss sie jetzt mit den Händen an der Hüfte fassen und über meinen Kopf heben. Ich schaffe es auch… obwohl, sie ist ein bisschen schwerer, als ich erwartet habe. Hilfe, ich verliere das Gleichgewicht. Ich taumle durch den Tanzsaal, während ich versuche, sie nicht fallen zu lassen. Dabei komme ich dem Fenster, das der Lehrer vorhin aufgemacht hat, um Frischluft reinzulassen, gefährlich nahe. Ich kämpfe um mein Gleichgewicht… aber ich kann sie nicht mehr halten. Verdammt…

Zu spät. Es ist passiert. Ich habe das Mädchen, in das ich verliebt bin, aus Versehen aus dem Fenster geworfen. Aus dem dritten Stock!

Autsch und Doppelautsch!

Alle anderen sehen mich an und lachen sich tot (die

Jungs)! Oder halten sich entsetzt die Hand vor den Mund (die Mädchen).

Ich habe verloren.
Auf ganzer Linie!

66.

Das Schöne am Leben ist, dass es einfach unberechenbar ist. Man weiß nie, was passiert.

Ich, Felix Pechvogel Rohrbach, habe Glück gehabt. Sogar Doppelglück. Das Haus, in dem die Tanzschule untergebracht ist, liegt an einem Hang. Von vorne gesehen ist der Tanzsaal zwar im dritten Stock. Nach hinten aber liegt er zu ebener Erde. Nicole hat überlebt. Eigentlich hat sie sich nicht einmal wehgetan.

Nach der Stunde versuche ich, ihr alles zu erklären. Zum Glück ist sie nicht total sauer auf mich. Sie erlaubt mir sogar, sie nach Hause zu bringen.

»Es tut mir so total leid, Nicole. Echt! Ich habe das doch nur getan, weil ich dich beeindrucken wollte!«

»Und warum wolltest du das?«

»Weil ich dich … mag!«

»Ach, und darum hast du mich aus dem Fenster geworfen?!«

»Das war ein Unfall. Ich schwöre. Ich würde alles dafür geben, es wieder rückgängig zu machen.«

Sie bleibt stehen und lächelt versöhnlich. »Das weiß ich doch, Felix.«

»Echt?«

»Echt!«

Sie schließt die Augen und stülpt die Lippen vor. Unglaublich! Das kann nur heißen, dass ich sie küssen soll. Vorsichtshalber vergewissere ich mich, dass sie nicht vor einem tiefen Graben, einer Pfütze oder einem offenen Gulli steht. Nicht, dass ich sie noch aus Versehen beim Küssen irgendwo reinwerfe.

Aber da ist nichts. Der Weg ist frei. Also schließe auch ich die Augen und es passiert!

Ich, Felix Rohrbach alias Chaos-Man alias Probleminator alias Pleitinator, küsse das Mädchen, in das ich verliebt bin. Und zwar richtig lange. Mit Zunge und mit Umarmen und mit Keine-Luft-Kriegen. Es gefällt ihr! Jubel und Doppeljubel!

Schließlich öffnet Nicole die Augen. Sie lächelt und sagt: »Ich mag dich auch, Felix. Ehrlich. Aber versprichst du mir was?«

»Klar, alles, was du willst.«

»Könntest du ab sofort weniger Chaos anrichten? Ich glaube, dann haben wir es einfacher miteinander.«

»Okay, verspreche ich. Schwör und Doppelschwör.«

»Super. Dann darfst du mich weiterküssen.«

Mache ich natürlich. Stundenlang. Bis ich nicht mehr kann. Und sie auch nicht. Schmatz und Doppelschmatz!

67.

Am nächsten Tag machen wir mit der Klasse einen Ausflug ins Technische Museum. Ist ein cooler Laden, in dem alte Autos mit Dampfmaschinenantrieb stehen oder U-Boote aus dem letzten Jahrhundert oder antike Telegrafenanlagen.

Mich interessiert der ganze Plunder nicht im Geringsten. Ich schwebe immer noch auf Wolke sieben. Das Einzige, woran ich denken kann, ist Nicole. Und unser Kuss. Und wie toll sie ist. Und wie total verknallt ich in sie bin!

Musti, Spike und Mike wollen die ganze Zeit allen möglichen Blödsinn anstellen. Ihr könnt es euch vorstellen. Sie wollen das Dampfmaschinen-Auto anwerfen und damit durch die Halle mit dem Original-Chemielabor von Alfred Nobel brettern. Das ist der Typ, der das Dynamit erfunden hat. Als Nächstes wollen sie unseren Lehrer in den Kugelkäfig sperren und ihn dann mit dem Generator beschießen, der künstliche Blitze erzeugt. Und das U-Boot, das nach den Plänen Leonardo da Vincis gebaut wurde, abmontieren und in das Bassin mit der Salzsäure abtauchen lassen – mit Jes-

sica Nora Schmidt, unserer bescheuertsten Mitschülerin, an Bord.

Schließlich wird es mir zu blöd. Ich erkläre Mike, Spike und Musti: »Hört zu, Jungs. Ich mache solchen Quatsch nicht mehr mit! Ich habe jetzt eine Freundin und bin vernünftig und erwachsen geworden. Solche Kindereien interessieren mich nicht.«

Oh und Doppel-Oh. Die Jungs sind total enttäuscht. Aber sie akzeptieren meine Entscheidung.

Schließlich sehen wir uns gemeinsam die Ariadne-Rakete der ESA an, der europäischen Raumfahrtbehörde. Es ist ein Originalmodell, das fast dreißig Meter hoch ist. Man kann sogar hineinklettern und das Cockpit besichtigen. Während Musti in der Einstiegsluke stecken bleibt, stelle ich mir mit Mike und Spike vor, wie es wäre, ein echter Astronaut zu sein!

Boah und Doppelboah! Nicole wäre bestimmt von mir beeindruckt. Ich würde zu den Sternen fliegen und einen davon Nicole mitbringen!

Wir zählen den Countdown rückwärts bis auf null und drücken dann auf alle möglichen Knöpfe im Cockpit. Natürlich passiert nichts. Ist ja nur ein Modell. Dennoch, ein schöner Traum ...

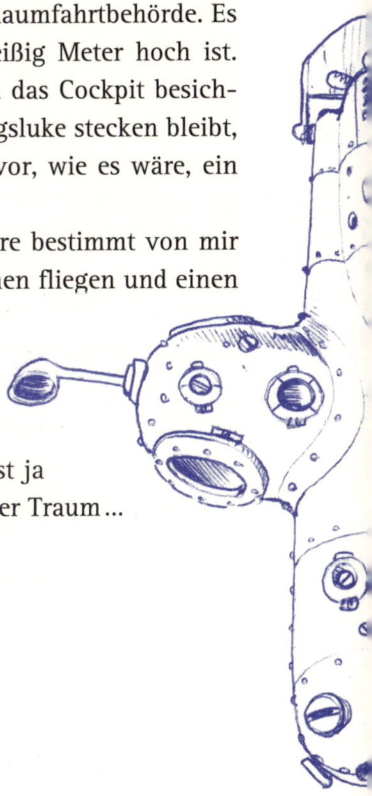

68.

Nachdem wir das Museum verlassen haben, bin ich gut gelaunt. Vielleicht sollte ich mich nach der Schule wirklich bei der ESA bewerben. Und wirklich Astronaut werden!

Spike reißt mich aus den Gedanken und sagt: »Wir hatten vorhin übrigens diese Blitzmaschine aus der Physikabteilung an die Ariadne-Rakete angeschlossen. Und die ganzen Ölfässer, die da standen, die haben wir auch mit dem Cockpit verkabelt. Und das Dynamit aus der Bergbau-Abteilung. Schade, hat leider nicht geklappt. Als du den Startknopf gedrückt hast, dachten wir eigentlich, das Ding würde wirklich abheben.«

Ich sehe Spike an und habe ein ganz mieses Gefühl. »Du machst Witze, oder?«

Mike und Musti, die zugehört haben, schütteln genau wie Spike den Kopf. Mike erklärt: »Wir wollten dich überraschen. Jetzt, wo du so vernünftig geworden bist, hätte dir so ein cooles Weltraum-Abenteuer ja vielleicht gefallen.«

»Hat nicht geklappt, ist schade, Alter«, erklärt Musti.

Plötzlich hören wir ein seltsames Geräusch. Es kommt aus dem Museum, das hinter uns liegt.

Badaboom!

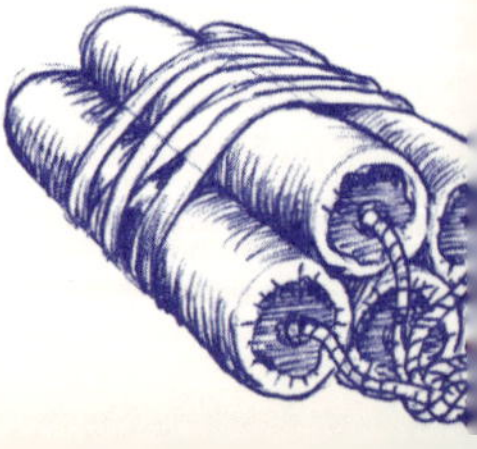

»Wie lange dauert denn so ein Take-off? Was glaubt ihr?«, frage ich leise.

Musti, Mike und Spike zucken mit den Schultern. »Keine Ahnung«, sagt Spike.

»Ein paar Minuten kann es wohl dauern, bis die Ölfässer brennen und dann das Dynamit hochgeht«, erklärt Mike. Er grinst. Dabei gibt es da nichts zu grinsen.

Badaboom! Puffelwommpaffzong!
Krawummdongelschepperzapperpeng!

»Und es war echtes Dynamit? Da seid ihr ganz sicher?«, frage ich.

»Mussu glauben. War echte bombenmäßige Sprengstoff.«

»Ich glaube es, Musti. Das ist ja das Problem.«

Badaboom! Puffelwommpaffzong! Krawummdongelschepperzapperpeng!

Rataklirrknattersplitterbrechdingelzack!

Polterratterzingelblitzspritzpaffkrawumms!

Unser Chemielehrer, Dr. Bäumer, der uns begleitet hat, schreit und sagt, dass wir uns hinter geparkten Autos oder Bäumen verstecken sollen. Ganz zufällig fliegt nämlich gerade das ganze Technische Museum in die Luft.

Wer schuld daran ist?

Wie gesagt, ich habe gerade ein ganz mieses Gefühl. Aber so ein richtiges Das-wird-nicht-gut-gehen-diesmal-habe-ich-es-echt-übertrieben-Gefühl!

69.

Ich bin es, Felix Rohrbach, das personifizierte Chaos. Der *Chaotinator!* Ich trage meinen Namen mit Stolz. Weil ich so bin, wie ich bin. Ich kann es einfach nicht ändern …

Ich werde vermutlich den Rest meines Lebens im Gefängnis verbringen. Aber mir wird schon etwas einfallen, wie ich eine spannende Zeit draus mache.

Aber vielleicht haue ich ja vorher auch ab und fliehe auf eine unbewohnte Insel in der Südsee. Oder nach Australien. Oder mit Jun Yakitori nach Japan.

Grins und Doppelgrins.

Egal was ich mache, ich werde euch davon berichten. Versprochen!

Jakob M. Leonhardt

Knapp vorbei ist auch daneben

Felix Rohrbach ist der größte Chaot und Loser, den die Welt je gesehen hat. Nur zeichnen kann er wirklich. Das muss jetzt anders werden, denn Charleen ist auf diesem Planeten aufgetaucht, ein göttliches Wesen von bezaubernder Schönheit. Leider macht Felix auch optisch nicht viel her. Da muss es schon eine Generalüberholung sein, um bei dem Mädchen seiner Träume und in dieser Welt etwas zu bewegen.

160 Seiten • Arena Taschenbuch
ISBN 978-3-401-50550-3

In der Faulheit liegt die Kraft

Felix ist ein Held, ein Genie auf dem Gebiet des Zeichnens und Graffiti-Sprayens. Die Mädchen werfen ihm bewundernde Blicke zu und trotzdem geht irgendwie alles schief. Denn Felix ist immer noch eine sportliche Null und ein hoffnungsloser Fall in punkto gutes Aussehen. Er weiß weder, wie er sich gegen den berüchtigten Fightclub wehren, noch wie er die süße Nina beeindrucken soll. Stöhn und Doppelstöhn!

Arena

167 Seiten • Arena Taschenbuch
ISBN 978-3-401-50551-0
www.arena-verlag.de

Jakob M. Leonhardt

Erst der Spaß, dann das Vergnügen

Jetzt wird es richtig ernst. Nachdem Felix bei einer Party das Haus seines Mitschülers Jun Yakitori fast zum Einsturz gebracht hat, lädt dessen Vater ihn zu einer Reise nach Japan ein. Dort soll Felix endlich mal lernen, wie man sich richtig benimmt. Wider Erwarten haben Felix und Musti auf ihrem Trip ins coole Tokio jede Menge Spaß. Doch dann verliebt sich Felix in das Loser-Girl Luisa! Wie konnte das bloß passieren?

176 Seiten • Arena Taschenbuch
ISBN 978-3-401-50553-4

Stille Nacht alles kracht

Felix ist sich sicher: Dies werden die besten Weihnachten ever! Auch wenn Tante Margot zu Besuch kommt und Mom ihn darum gebeten hat, sich diesmal wirklich zusammen zu reißen. Mit seinem besten Kumpel Musti plant Felix nämlich eine richtig coole Session, die vor allem eine Person schwer beeindrucken wird: Sarah!

Arena

88 Seiten • Klappenbroschur
ISBN 978-3-401-60152-6
www.arena-verlag.de